S. L. Tilleul

Die Uhr

Drei sonderbare Geschichten

Die Deutsche Nationalbibliothek verzeichnet diese Publikation in der Deutschen Nationalbibliothek; detaillierte bibliographische Daten sind im Internet über http://dnb.d-nb.de abrufbar.

© 2024 S. L. Tilleul (Thomas Bein)
Herstellung und Verlag:
BoD – Books on Demand, Norderstedt
1. Auflage
Layout und Cover: Manuela Wirtz, Schüller
Coverbild: Thomas Bein

ISBN: 9783758382284
Printed in Germany

DIE UHR

Drei sonderbare Geschichten

S. L. Tilleul

INHALT

DIE UHR

Ob sich alles, was im Folgenden erzählt wird, tatsächlich genau so zugetragen hat, wie es erzählt wird, ist schwer zu sagen. Man weiß, dass die Augenzeugenschaft des Menschen sehr unzuverlässig ist. Oft sieht er, was er sehen will. Nicht selten sieht er auch, was andere gerne von ihm gesehen haben möchten. Vor Gericht ist das ein großes Problem. Es geht hier aber nicht um einen Prozess. Auch nicht um ein Verbrechen. Obwohl – das mag man am Ende vielleicht auch anders sehen. Zunächst aber geht es um das Leben eines Menschen, eines Mannes. Er wird meist ›Kunde‹ genannt, auch ganz zu Beginn, was etwas merkwürdig ist. Erst im dritten Abschnitt dieser Berichterstattung wird erklärt, warum der Mann ›Kunde‹ genannt wird. Es geht also um das Leben eines Mannes, dieses ›Kunden‹. Aber ein Leben kann man nicht in Gänze nachzeichnen. Das ist unmöglich, selbst wenn der Biograph glaubt, alles zu wissen, alles zu kennen. Jede Nacherzählung eines Lebens bleibt ein Fragment. Anders geht es nicht. So ist es auch hier. Da die Erzählung, dieser Bericht, ›Die Uhr‹ heißt, mag man vermuten, dass Uhren für den Menschen, aus dessen Leben erzählt wird, eine besondere Rolle spielen. Diese Vermutung ist nicht falsch, sie könnte aber auch auf Irrwege führen.

Es ist nicht bekannt, wer sich so interessiert mit dem Leben dieses Kunden beschäftigt und einige Episoden daraus festgehalten hat. Zuweilen scheint es der Biograph an Ernsthaftigkeit etwas mangeln zu lassen. Vielleicht hatte er aber angesichts des Lebens dieses ›Kunden‹ auch keine andere Wahl.

1 Die Geburt des Kunden und
Das Rätsel der zwölf Minuten

Mit der Geburt des Kunden hatte alles begonnen. Spätestens dann. Über das, was sich in den rund neun Monaten vorher zugetragen hatte, und über die Umstände des Zusammentreffens von Samen- und Eizelle gab es keine Nachrichten, nichts Handfestes. Und alles weitere davor verlor sich im wahrhaft Zeitlosen. Erst mit oder unmittelbar nach seiner Geburt manifestierten sich Spuren dieses Rätselhaften, das sein Leben Tag für Tag, Woche für Woche, Monat für Monat, Jahr für Jahr immer fester in den Griff nahm. Viel war es nicht, aber doch ein Hinweis, ein Indiz, das man im Wortsinne – eine Zeit lang wenigstens – anfassen konnte.

Und zwar: Das Krankenhaus, in dem er zur Welt kam, hatte Formblätter erstellt, die in den Kreißsälen bereitlagen. Links oben befand sich ein freies Feld für ein Klebeetikett mit dem Namen der Mutter und diversen medizinischen Daten. Rechts daneben ein vorbereitetes Textfeld. Dort stand: *Vom Personal auszufüllen.* Darunter: *Entbunden am: … um: … Größe: … Gewicht: …* Der Rest des Vordrucks war Daten zu Vater und Mutter und der Krankenversicherung gewidmet.

Als er geboren worden war, hatte jemand, wie routinemäßig vorgesehen, in das Feld rechts oben Tag, Monat und Jahr neben das vorgedruckte Wort ›am‹ eingetragen. So weit, so gut. Dann waren die Ziffern 1-6-Punkt-0-0 neben das Wort ›um‹ notiert worden. Wohl derselbe oder dieselbe jemand hatte die Ziffern 1-6 wieder durchgestrichen und 1-7 darübergeschrieben. Und dann hatte augenscheinlich eine andere Person die zwei Nullen durchgestrichen und darüber 1-2 geschrieben. Da stellt sich die

Frage: Was war richtig? Hatte er um 16 Uhr das Licht der Welt erblickt oder um 17 Uhr oder um zwölf Minuten nach 17 Uhr? Wie waren diese Varianten zu erklären?

Nun, vieles ist hier denkbar.

Zum Beispiel: Eine Krankenschwester schaut, als das Baby den Mutterunterleib vollständig verlassen hat und die Nabelschnur durchtrennt ist, auf eine Wanduhr im Kreißsaal, liest 1-6-0-0 ab, wenn es denn eine Digitaluhr ist, oder aber sie sieht, wenn es sich um eine traditionelle Ziffernblattuhr handelt, einen kleinen Zeiger auf der vierten Markierung von oben rechts und einen großen Zeiger oben auf der 12. Also trägt sie 1-6-Punkt-0-0 in das dafür vorgesehene Textfeld ein. Doch plötzlich ruft die noch anwesende Frauenärztin – gar nicht unbedingt mit Blick auf das, was sich auf dem Vordruck getan hat – der Krankenschwester zu, dass die Uhr (›meine Güte nochmal!‹) noch nicht die Sommerzeit anzeige, sie solle bitte dem Hausmeister sagen, dass er auf verlässlichen Uhrgang (»›Uhrgang‹, nicht ›Stuhlgang‹ – wenn man nicht alles selber macht…!«) zu achten habe. Die Krankenschwester korrigiert rasch und macht sich auf zum Hausmeister.

Oder aber:

Im Kreißsaal hängt überhaupt keine Uhr. Nun, das ist unwahrscheinlich. Also: Es hängt schon eine dort, die jedoch eine dermaßen falsche Zeit anzeigt (›dieser Hausmeister!‹), dass die Hebamme kopfschüttelnd auf ihre Armbanduhr blickt. Auf ihr zu sehen ist 1-6-0-0 (oder eben großer Zeiger ganz oben, kleiner Zeiger auf Position Vier), aber noch als Winterzeit. Das schießt der Hebamme erst durch den Kopf, als sie 1-6-Punkt-0-0 schon aufgeschrieben hat, korrigiert aber sofort zu 1-7-Punkt-0-0 und drückt danach hastig auf Stellknöpfe ihrer Uhr oder, je nachdem, dreht an der herausgezogenen Krone.

Oder:

Die Hebamme trägt keine Uhr am Handgelenk, sondern aus hygienischen Gründen baumelt eine Art Taschenuhr an ihrem Krankenhauskittel. Da sie gerade ihre blutigen Handschuhe ausgezogen hat und viel Desinfektionsmittel an ihren Händen ist, bittet sie die assistierende Pflegerin, kurz auf diese angeklippte Hebammen- und Schwesternuhr zu schauen. Die zeigt ohne jeden Zweifel die richtige Zeit an, weil es sich um eine ›radio controlled‹-Uhr handelt, die sich ferngesteuert immer wieder korrekt einjustiert. Die Pflegerin hat jedoch ihre Lesebrille nicht dabei, glaubt aber, dennoch die Uhrzeit ablesen zu können und prompt liest sie 16 für 17 (wenn es eine Digitaluhr ist) oder aber schielt ein wenig und der kleine Zeiger (Analoguhr) rutscht von der Position Fünf auf Vier. Schon ist es passiert. Die Pflegerin trägt 1-6-Punkt-0-0 ein, doch die Hebamme, aufmerksam und kontrollbesessen wie sie ist, bemerkt den Ablesefehler und bittet die Pflegerin höflich, aber bestimmt, das Versehen umgehend zu verbessern, was auch geschieht.

Oder:

Ach, es gibt noch so viele, viele andere Erklärungen dafür, dass aus einer Ziffernfolge 1-6 die Ziffernfolge 1-7 oder aus einer Position Vier eine Position Fünf wird.

Zurück in den Kreißsaal: Viel schwieriger und mysteriöser stellt sich indes das Rätsel der zwölf Minuten dar. Mit Sommer- und Winterzeit kann das nichts zu tun haben. Warum korrigiert jemand 17 Uhr 00 zu 17 Uhr 12?

17 Uhr 15, das wäre durchaus verständlich. Das hätte wohl jeder geschrieben, der im Kopf hat: ›Der Kleine ist nicht um fünf, sondern etwa Viertel nach fünf geboren worden‹. Dann schreibt man 1-7-Punkt-1-5 und nicht 1-7-Punkt-1-2. Volle Viertelstunden, das ist doch das Ein-

fachste. Nun ja, ganz so einfach nicht immer. In Bayern und anderen Landstrichen gibt es merkwürdige Uhrzeitbezeichnungen wie ›Viertel vier‹, ›Dreiviertel fünf‹ und so weiter. Spielen wir es kurz durch: Die Hebamme fragt die Pflegerin nach der Uhrzeit. Die Pflegerin kommt aus Bayern und sagte ›Viertel fünf‹ und meint damit 16 Uhr 15. Die Hebamme deutet das aber als 17 Uhr 15. Geburtszeit um sechzig Minuten verfälscht.

Nachvollziehbar ist auch eine Korrektur ›17 Uhr 30‹, wenn man mangelhafte Feinmotorik als Auslöser für die Misere annimmt: Die Pflegerin schreibt 1-7-0-0, wobei die erste 0 eigentlich eine 3 hätte werden sollen. Aber die Hand gehorcht nicht so ganz dem Gehirn (am Vorabend bisschen zu viel getrunken?) und beim Führen des Kulis von oben nach rechts unten kommt es nicht zum kleinen Einschwenken nach links und wieder Ausschwenken nach rechts, sondern der Bogen rutscht mehr oder weniger in einem Schwung nach unten und klettert dann wieder links leicht ausgerückt nach oben, aber nicht ganz nach oben. Eine 0, wie sie im Buche steht, ist es nicht, aber eine 3 eben auch nicht. Die Hebamme blickt kurz auf das Blatt, schüttelt streng mit dem Kopf und zieht den nötigen kleinen Bogen ein, um aus einer schlechten 0 eine etwas bessere 3 zu machen.

Aber in unserem Fall geht es ja nicht um 17 Uhr 30 und nicht um 17 Uhr 15, sondern um 17 Uhr 12. Außerdem sind die Ziffern 1-2 *über* die Ziffern 0-0 geschrieben, nicht einfach *in* die 0-0 hinein.

17 Punkt 12 würde man erwarten, wenn es um die Dokumentation eines Verbrechens geht, wenn es auf Hieb- und Stichfestes ankommt. ›Der Verdächtige hat nicht erst um 17 Uhr 15 nach dem Messer gegriffen, sondern bereits um 17 Uhr 12‹. Auch in der Raumfahrt ist exakte Zeit wichtig. ›Wiedereintritt in die Erdatmosphäre um 17 Uhr

12‹ (drei Minuten später ... und alle sind verglüht). Nicht zu vergessen Hinrichtungen von Amts wegen. Da geht es meistens sehr genau zu. Allerdings nicht nachmittags gegen 17 Uhr. Eher: ›Das Fallbeil durchtrennte den Hals um 4 Uhr 59‹ (peinlicherweise eine Minute früher als festgesetzt, was zu Diskussionen zwischen Richter, Scharfrichter und Hinrichtungsprotokollant Anlass gibt, die dazu führen, dass die Uhr des Scharfrichters und die des Protokollanten einem Uhrmachermeister überantwortet werden, der sie auf gleichen Uhrgang überprüfen und justieren soll).

Aber, bitte, Konzentration: Warum korrigiert in einem Kreißsaal eine mit Blick auf die unterschiedlichen Handschriften und die unterschiedliche Kugelschreibertintenfarbe *zweite* Person im Nachhinein eine *bereits korrigierte* Geburtszeit um genau zwölf Minuten? Nicht um 16 Uhr geboren, nicht um 17 Uhr geboren, sondern um 17 Uhr 12 geboren. Warum? Und hier geht es doch nicht um eine Hinrichtung, eher um das Gegenteil.

Mit diesem Rätsel wurde der Kunde in die Welt entlassen und es klebte an ihm so hartnäckig wie ein Hundehaufen in den Profilrillen eines Wanderschuhs.

2 Sechs Intermezzi

Erstes Intermezzo

An diesem Bericht Interessierte werden sich spätestens jetzt fragen, warum von einem ›Kunden‹ die Rede ist. Nicht von einem Mann. Nicht von Dieter oder Herrn Laubsaum. Ein Kunde ist jemand, der etwas kauft oder kaufen will oder nach einer Dienstleistung verlangt. Davon war bislang nicht die Rede, nicht im Geringsten. Rätselhaft. *Dieses* Rätsel wird allerdings sehr bald schon im Abschnitt Drei nach den sechs Intermezzi gelöst werden. Zumindest nahezu gelöst.

Nicht gelöst werden wird jedoch ›das Rätsel der zwölf Minuten‹.

Der Kunde wurde, das ist inzwischen bekannt, geboren, und es gab eine zweifach korrigierte Geburtszeit. Diese Zeit, 17 Uhr 12, wurde vom allerersten, ursprünglichen Kreißsaal-Formblatt auf andere Formblätter übertragen und fand schließlich Eingang in die Geburtsurkunde des Kunden und in das Familienstammbuch. Das Uhr-Zeit-Chaos, das sich hinter 17 Uhr 12 verbarg, verflüchtigte sich mehr und mehr. Das Ur-Protokoll (siehe dazu die Bemerkung unten nach den folgenden einhundertvierundneunzig Wörtern), auf dessen verletzlicher Oberfläche dieses Chaos still und geduldig dokumentiert worden war, landete zunächst in einem Ablagekörbchen. Als dieses randvoll war mit ähnlichen Formblättern, packte man den ganzen Stapel in einen großen Karton, der im Krankenhausarchiv zwischengelagert wurde. Es gab Aufbewahrungsmindestzeiten. Als die für den bewussten Karton geltende Zeit verstrichen war, wurde der Karton einem Aktenvernichtungsdienst übergeben. Er sorgte dafür, dass zusammen mit vielen, vielen anderen Formblättern auch dasjenige des Kunden in derart kleine Fetzchen zerschreddert wurde, dass absolut nichts mehr von 16 Uhr 00 und von 17 Uhr 00 und von 17 Uhr 12 übrig blieb. Zumindest ließ sich da nichts, aber auch gar nichts mehr rekonstruieren.

Der Kunde selbst und auch seine Eltern hatten das Ur-Protokoll nie zu Gesicht bekommen. Der Kunde wuchs auf in dem festen Glauben, um 17 Uhr 12 das Licht der Welt erblickt zu haben. Und vielleicht war das ja auch völlig richtig.

Aber sicher sein konnte man sich nicht. Denn die beiden Korrekturvorgänge hätten natürlich ihrerseits auch Fehler sein können. Wieder gibt es viele, viele denkbare Abläufe.

Zum Beispiel: …

Aber nein, das würde jetzt zu langatmig werden. Und wer kennt so etwas nicht aus eigenem Erleben? Man liest irgendwo etwas, denkt ›Huch, das ist doch falsch‹ und korrigiert beflissen … etwa: ›Uhr-Protokoll‹ zu ›Ur-Protokoll‹ (wie weiter oben geschehen). Aber eigentlich war ›Uhr-Protokoll‹ ganz richtig, eine inoffizielle Insider-Kurzform für ›Protokoll über die Uhrzeit der Geburt‹. Als manischer Besserwisser hat man unversehens den Lauf der Welt ins Trudeln gebracht – ein klein wenig zumindest.

Insofern: Sicher kann man sich nicht sein, was sich da rund um 1-6-0-0 und 1-7-0-0 und 1-7-1-2 abgespielt hatte.

Trotz allem: Der Kunde lebte, war gesund, atmete, wie er sollte, seine Organe taten, was sie tun mussten, um das zu generieren und zu garantieren, was man ›Leben‹ nannte. Zumindest für eine gewisse Zeit. In eine solche gewisse Zeit lebte der Kunde hinein, in eine Zeit, deren Anfang man für seine Person zu kennen glaubte, was aber letztlich mit Unsicherheiten behaftet war.

Zweites Intermezzo

D ie Zeit schritt voran, ging dahin. Von früher Kindheit und Jugend an war der Kunde von Uhren begeistert. (Erinnerung: In Abschnitt 3 wird das Rätsel von der Rede vom ›Kunden‹ gelöst werden.)

Wie zeigte sich das? Wer Kinder hat, kann mitreden: Sie laufen noch nicht, sprechen noch nicht, brabbeln nur vor sich hin, strampeln im Himmelbett gegen die Spieluhr und geben dennoch schon Muster, Lebensmuster, ja, sagen wir ruhig: Welteinstellungen zu erkennen, die bis zu ihrem Ende in und mit ihnen verwachsen bleiben. Ganz früh kann sich das dadurch zeigen, dass Kinder auf bestimmte äußere Reize heftig oder gar nicht reagieren. Gründe dafür kann man nicht finden, meistens nicht. Das eine Baby lacht, wenn es – zum Beispiel – eine Uhr sieht, das andere Baby aber schreit panisch, wenn es eine Uhr sieht. Tja. Der Kunde, als er noch ein Baby war, lachte immer, wenn er eine Uhr sah … sofort … herzlich … aufrichtig … ohne Unterlass. Verschwand die Uhr aus seinem Blickfeld, begann er zu weinen, zu schreien, zu toben. Tja.

Vielen Kleinkindern konnte man mit Luftballons, kleinen Trommeln, Rasseln, Klötzchen und Ähnlichem Freude bereiten, dem Kunden in seinen frühesten Jahren aber am meisten mit Uhren. Es spielte dabei keine Rolle, ob er die Uhren anfassen konnte. Wenn das so war, wenn es sich also um Holz-Spieluhren handelte, deren Zeiger er gerne mit einem fröhlichen Quietschen drehte und zuweilen auch lustvoll abbrach, war das natürlich wunderbar, aber es reichte auch völlig aus, ihm Bilder von Uhren zu zeigen, seien es solche in Kinder-Lernbüchern (›Peter und Lilly üben die Uhrzeit‹) oder Fotos in Hochglanzmagazinen der *Haute Horlogerie* (die im Wartezimmer der Frauenärztin zuweilen herumlagen und auf die der kleine Kunde begeistert zeigte, wenn er Mama, die gerne noch einmal schwanger geworden wäre, wieder einmal zu einer Untersuchung begleiten durfte).

Spielte er mit anderen Kindern im Sandkasten, so baute er keine Burgen oder Berge oder Fallgruben, sondern zeichnete Ziffernblätter in den Sand. Meist wurden die sofort von anderen Kindern – nicht immer mit Absicht – zerstört. Da wurde Sand draufgeworfen oder man hüpfte auf dem Ziffernblatt herum oder es mussten mit Förmchen ausgerechnet auf die zarten Zeiger Sandtürme oder Seesterne aufgeklatscht werden.

Im Kindergarten malte er keine Drachen oder Dinosaurier oder Ritter oder bösen Wölfe in finsteren Wäldern oder Mama-Papa-Oma-Hund, sondern … Uhren, einmal kleine Uhren, einmal große Uhren, dann wieder geradezu riesige Uhren, die an Wolken hingen, Uhren, die auf der Sonne klebten (›oh, wie toll, hast du eine Sonnenuhr gemalt?‹), ein andermal von Fischen vor sich her gestubste Uhren im Meer (›sind die denn auch wasserdicht?‹) und sogar Uhren, in die man hineingehen konnte (›was hat der Junge für eine Phantasie!‹).

Später, in der Schule, musste man ihm nach längeren Zeiten geduldigen Abwartens untersagen (rein juristisch keine einwandfreie Sache), eine Armbanduhr zu tragen oder irgendeine andere Uhrenart mit sich zu führen, denn er ließ sich allzu heftig von diesen Gerätschaften ablenken. Zuweilen starrte er minutenlang auf die Zeiger, manchmal eine ganze halbe Stunde. Was er da so fasziniert beobachtete, konnte man von außen nicht erkennen. Man sah nur: Am Unterricht nahm er nicht teil. Im Lehrerzimmer nannte man ihn schon nach dem ersten Schuljahr halb belustigt, halb ratlos ›den uhrigen Typen‹. Selbst dem Direktor rutschte einmal heraus: »Liebe Kolleginnen und Kollegen, seid bloß *pünktlich* morgen, die Mutter vom *Uhrigen* kommt zur Sprechstunde«. Darauf die Musiklehrerin in schelmischem Singsangton: »Wenn der *Uhrige* im *Urigen* ein *Uriges* trinkt und die Mama ihm winkt …« Da wurde herzlich gelacht und die Lehrerschaft erfreute sich an ihrem Sprachwitz.

Die Eltern waren aufgrund der schon ungewöhnlichen Interessenlage ihres Sohnes durchaus etwas besorgt. Als er auf seine gesamte weiße Bettwäsche mit einem dicken Filzstift Hunderte von Stunden-, Minuten- und Sekundenzeigern gemalt hatte, besuchten sie mit ihm einen psychologischen Beratungsdienst, wurden weiter an einen Psychiater vermittelt und schließlich zu einem Verhaltenstherapeuten für Kinder geschickt. Der Therapeut führte viele Wochen lang intensive, aber natürlich altersgemäße Gespräche mit dem Jungen, bei denen einmal ganz bewusst jede Sorte von Uhr aus dem Blickfeld des kleinen Patienten entfernt wurde, ein andermal aber zehn oder gar zwanzig Uhren im Sprechzimmer platziert waren (die sich der Therapeut mühsam bei Familie und Freunden hatte ausleihen müssen). Schließlich aber teilte er den Eltern mit, dass ihr Sohn nicht irgendwie krank sei oder im engeren Sinne verhaltensgestört. Von einer gewissen Obsession könne man schon sprechen, aber die sei weder gefährlich für ihn selbst noch für andere. Da könne man nichts machen. Woher das komme, tja, das wisse er nicht, das könne man auch nicht wirklich wissen. Wenn der Junge ständig nackte Menschen mit blutenden Gliedmaßen malen würde oder abgehackte Köpfe oder penisartige Pilze, ja, das ließe an Traumata oder Missbrauch oder Ähnliches denken, aber Uhren? Nein. Aus seiner Sicht: Bisschen komisch schon, aber im Prinzip alles gut. Vielleicht werde der Sohnemann einmal ein begnadeter und berühmter Uhrmacher – »Warten Sie es nur ab!«

Uhrmacher wurde der Kunde allerdings nicht.

Drittes Intermezzo

Die Zeit schritt voran, ging dahin. Bislang war der Kunde zu jung gewesen, um einen Zusammenhang herstellen zu können zwischen diesen faszinierenden Dingern, diesen Uhren, und dem, dessentwegen menschlicher Erfindergeist sie ersonnen hatte: der Zeit. Denn natürlich konnte er sich weder mit fünf, noch mit zehn und auch noch nicht mit fünfzehn Jahren tiefgehend theoretisch, philosophisch, physikalisch oder theologisch mit der Zeit befassen. Man könnte glauben, dass sich dies … mit der Zeit … änderte. Aber dem war nicht so. Insofern ist es ganz richtig, dass dieser kleine Lebensbericht ›Die Uhr‹ heißt und eben nicht ›Die Zeit‹ oder, bildungsgediegener, ›Von der Zeit‹. Das ist etwas bedauernswert, denn die Zeit ist ein gewaltiges Thema, über das man schon seit Menschengedenken nachgesonnen und viele dicke, kluge Bücher geschrieben hat. Allerdings muss man freimütig eingestehen, dass trotz all der jahrtausendelangen Grübeleien um die Zeit, um Chronos und Tempus noch immer niemand sagen kann, was Zeit *ist*. Vielleicht war das dem Kunden tief im Inneren unbewusst zuwider und er konzentrierte sich daher auf Zeit-*Messer*, auf Uhren, die mit sinnlich erfahrbaren Zahnrädchen und Zeigern über ›spät‹, ›später‹ und ›zu spät‹ entschieden, aber natürlich auch über ›früh‹, ›früher‹ und ›zu früh‹ und selbstredend auch über ›rechtzeitig‹. Besonders hatte es ihm das Wort ›spät‹ angetan. Seine Mutter hatte oft gesagt, es sei schon ›sehr spät‹ und er müsse ins Bett. Mit dem Vater schimpfte sie: »Du kommst schon wieder zu spät!« Die Lehrerin antwortete auf Fragen der Schüler meist: »Das erkläre ich später!« Ständig hörte er Menschen um sich herum fragen: »Wie spät ist es?« Und fragte einmal niemand, dann ergriff er selbst das edle Wort: »Darf ich fragen, wie spät es ist?« Manchmal stand er wartend an der Bushaltestelle und aus einem Lautsprecher dröhnte es: »Linie 6a hat zwölf Minuten Verspätung«. Ausgerechnet zwölf Minuten! ›Ja, ja‹, dachte er dann etwas höhnisch, ›willkommen in der Spätwelt, wo man sich selbst zur Spätlese im Spätsommer verspäten kann, sodass die Spätschicht spätestens beim Spätkauf ohne Spätfolgen zum Spätzünder wird‹. Zum Glück dachte er so etwas nur still und heimlich und belästigte damit nicht andere Zeitgenossen, die mit ihm auf die verspätete Linie 6a warteten.

Apropos ›*Zeit*genossen‹, wir sind etwas abgeschweift, zurück, zurück! Die Zeit selbst blendete der Kunde also aus, ob bewusst, ob unbewusst – das war schwer zu sagen. Zeit konnte man eben nicht sehen, nicht anfassen, die Zeit drehte sich nicht, hatte keine Rädchen, keine Ziffern, da war nichts, einfach nichts. Dafür aber war die Welt mit Uhren regelrecht vollgestopft und der Kunde bewegte sich in ihr mit beständiger Unruhe. Hier gab es Uhren am Rathaus, dort am Kirchturm, hier auf dem Bahnsteig, dort an der Apotheke. Sonnenuhren auf Marktplätzen. Uhren an Wohnungswänden, Uhren auf Nachttischen. Taschenuhren in Taschen und Armbanduhren an Armen. Kuckucksuhren. Funkuhren. Mechanische Uhren. Elektrische Uhren. Handaufzug, Automatikaufzug. Solarzellen. Bewegungsenergie. Manchmal stolperte der Kunde regelrecht von einer Uhr zur anderen – und wünschte nicht selten, *in* eine zu stolpern. Einmal war es fast soweit – hatte er zumindest gedacht: Er betrachtete die Auslagen eines Uhrengeschäftes und hatte ein besonders schönes Ziffernblatt einer auf einem Sockel ausgestellten Taschenuhr im Blick, als er plötzlich bemerkte, dass sich in der Glasscheibe des Schaufensters die Kirchturmuhr von gegenüber spiegelte und sich deren

Zeiger, wie konnte es anders sein, spiegelverkehrt voran-, nein eigentlich zurückbewegten und einen verzweifelten Kampf ausfochten mit den ordentlich – wie man so gerne sagt – ›im Uhrzeigersinn‹ dahinschleichenden Zeigern der Taschenuhr in der Fensterauslage. Die Ziffernblätter beider so unterschiedlicher Uhren verschmolzen ineinander, und – je nach Augenfokussierung durch den Kunden – sprang einmal die Taschenuhr, ein andermal die Kirchturmuhr scharf aus diesem Ziffernblattgemisch heraus. »Hilf uns!«, schrien die einen Zeiger, »hilf uns!«, schrien die anderen. Den Kunden schwindelte es, in seinem Kopf drehte sich alles einmal rechtsherum, einmal linksherum und sein Gesicht wurde mehr und mehr zu einem dritten Ziffernblatt in diesem Spiegelkabinett: Sein Mund – die kleine Sekunde. Seine Nase – der breite Stundenzeiger. Das linke Auge – Datum bei Zwei Uhr. Das rechte Auge – die Mondphase.

Aber all das war freilich nur optisches Blendwerk.

Viertes Intermezzo

Die Zeit schritt voran, ging dahin. Der Kunde (wie gesagt: Abschnitt 3 bringt die Auflösung) machte eine Ausbildung … nein, nicht zum Uhrmacher, das war vor längerer Zeit eine grobe Fehleinschätzung des pädiatrischen Verhaltenstherapeuten gewesen, sondern zum Konditor und verdiente mit dem Herrichten von Torten, Pralinen, süßen Desserts, Kuchenspezialitäten, Cupcakes und *Petits Fours* (er sprach das fälschlicherweise eher englisch aus: *Pättifuhrs*) ordentliches Geld. Keine Reichtümer, aber er konnte sorgenfrei leben.

Manchmal, wenn ihm ein Auftraggeber sympathisch war und er den Eindruck hatte, dass man mit ihm reden konnte, wagte er, Vorschläge für eine besondere Tortenoberfläche zu machen. ›Wie ein Ziffernblatt‹, ›wie ein Zahnrad‹, ›wie eine Unruh‹, schlug er vor. Manchmal bekam er alle Freiheit und die Ergebnisse konnten sich sehen lassen. Einmal sogar bestellte das erste Uhrengeschäft am Platz bei ihm Torten für ein Firmenjubiläum. Die Chefin hatte eigenwillige Ideen: Jede Torte sollte ein Ziffernblatt nicht mit zwölf Ziffern erhalten, sondern mit sieben. Und es sollten nicht zwei Zeiger aufgespritzt werden, sondern fünf. »Das wird ein Spaß beim Tortenschneiden!«, rief ihm die Chefin zu.

Der Kunde lernte weder eine Frau noch einen Mann fürs Leben kennen. Aber damit haderte er nicht. Er kam durchaus mit Menschen zusammen, es handelte sich aber meist nur um oberflächliche Alltagsbegegnungen, beruflich bedingt, gesundheitsbedingt, einkaufsbedingt. Nur wenn Uhren zu einem Thema gemacht werden konnten, zum Beispiel in Wartezimmern, war hin und wieder auch ein längerer und, wenn es gut lief, auch ergiebiger Gedankenaustausch möglich.

Wartezimmer waren dafür sehr gut geeignete Lokalitäten, weil Menschen in Wartezimmern ja auf etwas warteten, meist aber nicht lange warten wollten, nicht selten ungeduldig waren, auf abgemachte Termine pochten und oft auf ihre Uhren schauten. Jüngere Menschen tippten inzwischen auf ihre Mobiltelefone, um sich über die Zeit zu informieren – und das nicht selten in gefühlten Fünfzehn-Sekunden-Intervallen. Ältere Zeitgenossen, zu denen sich auch der Kunde inzwischen rechnen musste, erhoben doch häufig den linken Arm (manche den rechten), drehten die Hand ein wenig nach innen zur Brust und schauten auf eine Armbanduhr. Und je nachdem, wie viel der Kunde ohne aufdringliche Neugier von der Uhr eines Sitznachbarn zu sehen bekam, konnte ein »Schöne Uhr, die Sie da haben!« der Beginn einer feinen Plauderei über Chronographen oder Chronometer sein. Zum Beispiel: »Kennen Sie den Unterschied zwischen ›Chronograph‹ und ›Chronometer‹? Kannte ich bis vor Kurzem selbst nicht.« Das war ein oft erprobter und meist gut funktionierender Gesprächstüröffner.

Fünftes Intermezzo

D ie Zeit schritt voran, ging dahin. Der Kunde besaß natürlich auch Uhren, nicht wenige, das hätte nicht anders sein können. Aber es waren selbstredend Uhren, die einen gewissen Budgetrahmen nicht sprengten. Gute Uhren, schöne Uhren, keine billigen Uhren, aber auch keine *Haute Horlogerie*. Als junger Jugendlicher hatte er notgedrungen auch wirklich billige Uhren kaufen müssen, ›Hongkong-Kracher‹, wie er sie damals nannte, oder ›Japan-Quarzer‹. Schön und edel war wirklich etwas anderes, aber diese Quarzer liefen doch erstaunlich genau, allerdings nur, solange die im Inneren der Uhr befindliche Batterie ihre Kraft der Zeit schenken konnte. Irgendwann aber ging die Batterie an diesen selbstlosen Geschenken zugrunde. Licht aus! Leuchtdiode schwarz! Adieu Flüssigkristalle!

Dies zu erleben, dass eine Uhr von jetzt auf gleich nicht mehr lief und man der Zeitlosigkeit ausgeliefert war, empfand der Kunde wie eine Kränkung, wie eine Erniedrigung, wie eine Demütigung. Es löste in ihm körperliche Erschütterungen aus, Vibrationen, Zittern. Zwar lief ein Billigquarzer ein gutes Jahr brav und genau vor sich hin, aber von diesem plötzlichen Wegbrechen ohne jede Vorwarnung getroffen zu werden, war noch viel schlimmer, als sich eingestehen zu müssen, eine mechanische Uhr versehentlich nicht aufgezogen zu haben. Das Aufziehen hatte man in der Hand oder – genauer gesagt – zwischen zwei Fingern und wenn man es vergessen hatte, dann war das schlimm, aber man wusste, wer zu bestrafen war. Wenn die Batterie aber ganz still vor sich hin die letzten erbärmlichen Reste an Energie abgegeben hatte, ohne mitgeteilt zu haben, dass es bald mit ihr zuende ginge, dann stand man als Uhrbesitzer geradezu hilflos da. Man wurde zeitlos und wusste nicht wohin mit den Schuldzuweisungen. Das war erschütternd.

Nun könnte man denken, dass dieses Batterieproblem und auch das Vergessen des Aufziehens einer mechanischen Uhr durch ein Umsatteln auf etwas kostspieligere Automatikuhren lösbar gewesen wäre. Das hatte auch der Kunde gedacht, als er in der Lage war, sich dieser teureren Spezies zuzuwenden. Und ja: Solange man eine Automatikuhr regelmäßig trug und den Arm bewegte, konnte man ein einigermaßen beruhigtes Leben führen. Aber man stieß auch wieder auf neue Hürden. Denn ohne Gangreserveanzeige – und eine solche war meist nur in *sehr* teuren Modellen verbaut – war die Angst vor dem plötzlichen Stillstand eine stete und hämische Begleiterin. Wie viele Stunden verblieben noch? Zehn? Zwei? Vielleicht nur noch dreißig Minuten? Dann fuchtelte man rasch mit der Hand herum oder drehte energisch an der Krone. Wieder zwei Stunden gerettet, vielleicht drei. Aber was, wenn man sich vor Ablauf der drei gewonnenen Stunden zu wenig bewegt hatte oder – durchaus im beschämenden Bewusstsein stillen Vor-sich-hin-Sitzens – vergessen hatte, wieder an der Krone zu drehen, obwohl man irgendwo pünktlich erscheinen musste? Sorgenvoll riss man die Uhr hoch um zu prüfen, ob es noch zu schaffen war. Und dann schoss eine stechende Panikattacke heran: Der Sekundenzeiger stand still. Aber wie lange schon? Nur erst wenige Sekunden oder gar schon zweieinhalb Stunden oder doch nur zwölf Minuten? Ausgerechnet zwölf Minuten. Ist man vielleicht nur ein bisschen spät dran? Oder ist womöglich alles schon zu spät? Plötzlicher Zeigerstillstand – plötzlicher Herztod. Hoffentlich befand man sich in einem Wartezimmer!

Einigermaßen Fachkundige werden vielleicht an dieser Stelle zu bedenken geben, dass der Kunde das gerade geschilderte Automatikuhrproblem durch einen Uhrenbeweger leicht hätte aus der Welt schaffen können. Nun, der Kunde war zwar noch ein Stück weit davon entfernt, ein wirklicher, also ein wirklich tiefer Kenner der Uhrenwelt zu sein (auf dem Weg dahin war er durchaus), aber dass es Uhrenbeweger gab, wusste er natürlich. Indes – und das spricht nicht gerade für den Einwand dieser einigermaßen Fachkundigen – *löste* ein Uhrenbeweger das Problem ja nicht, sondern *verzögerte* oder *verlagerte* es nur. Denn: Manche Uhrenbeweger wurden von Batterien oder Akkus angetrieben – und da sind wir wieder auf das alte Japan-Quarzer-Dilemma zurückgeworfen. Andere Uhrenbeweger wurden über einen Transformator mit 230-Volt-Netzstrom dazu animiert, Schwungmassen in Automatikuhren in Rotation zu versetzen. Liebe einigermaßen Fachkundige: Da kann man Ihnen nur – Entschuldigung, wenn es etwas spöttisch klingt – zurufen: Cyberattacke! Atomunfall! Wirbelstürme! Ökofundamentalisten! Baggercrash! Handelskrieg!

Nein, Uhrenbeweger waren und blieben etwas dekadent Sinnloses.

Sechstes und letztes Intermezzo

Die Zeit schritt voran, ging dahin. ›Spätzündung‹, ›Uhrtorte‹, ›Sanduhr‹ (nein: ›Uhr im Sand‹, nein: ›Uhr auf Sand‹), ›Restlaufzeit‹, ›Zeigerkrieg‹, ›Der Uhrige‹, ›Gangreserve‹, ›Batterietod‹, ›Fischuhr‹, ›Zeigerstillstand‹, ›Ziffernblattgesicht‹, ›Uhrenbeweger‹ … all das beherrschte zunehmend das Denken und besonders das Fühlen des Kunden.

Und noch etwas anderes kroch geradezu in ihn hinein und zerrte an ihm, verzehrte ihn fast: Er musste sich eingestehen, dass seiner Liebe (Kolleginnen in der Konditorei nannten sie ›Affenliebe‹) zu Uhren, dass seiner Leidenschaft (der Wortkern ›Leid‹ traf Richtiges) für Uhren und dass seiner angstvollen Hingabe (sexuelle Regungen waren in der Tat nicht zu leugnen) an Uhren etwas fehlte. Was genau das war, war schwer zu sagen, schwer zu beschreiben.

Da ihn auch nie jemand danach fragte, tat er es zuweilen in Gedanken selbst: ›Was genau fehlt dir denn? Willst du dir eine neue Uhr kaufen?‹ – ›Nein.‹ – ›Willst du einen Therapeuten aufsuchen?‹ – ›Nein‹. – ›Kannst du beschreiben, was dir fehlt?‹ – ›Nein. Oder vielleicht doch. Stell dir vor: Du liest einen Artikel in einem ganz wunderbaren Gourmet-Kochbuch. Da wird ein phantastisches Essen beschrieben. Hör zu: Entenbruststreifen kurz, aber goldbraun in Butter anbraten, beiseite stellen und mit fein gewürfelten Schalotten und hauchdünn geschnittenem Knoblauch bestreuen. Frisches Wurzelgemüse vom Wochenmarkt in unregelmäßige Stückchen hacken und bissfest in (möglichst frisch zubereiteter) Hühnerbrühe anköcheln. Die Entenbruststreifen mit dem Wurzelgemüse in einen Bräter geben, etwas Hühnerbrühe übergießen,

frischen Thymian und Estragon dazugeben. Bräter schließen und bei hundertzwanzig Grad im Backofen etwa
dreißig Minuten garen lassen. Nach etwa zwölf Minuten
noch etwas Hühnerbrühe zugießen. Vor dem Servieren
mit grobem Meersalz und Cayennepfeffer abschmecken.
Denk jetzt einmal nicht an die zwölf Minuten, nicht an
die dreißig Minuten, denk einfach an dieses leckere Essen. Stell es dir vor. Ist das nicht einfach …‹ – ›Ja, das
klingt toll! Das Wasser läuft mir im Mund zusammen!
Das wird schmecken. Ich bekomme Appetit, was willst
du mehr?‹ – ›Was ich mehr will? Es fehlt doch alles. *Wo*
ist denn das Wurzelgemüse? *Wo* ist die Hühnerbrühe? *Wo*
ist die Entenbrust? Wo muss das alles denn hin? Eigentlich! *Hier* … muss es … *hinein!*‹ Und der Kunde zeigt sich
selbst, wo es bei ihm in den Mund hineingeht. ›*Hier* muss
es *hinein*, hier wird es gekaut, hier sind die Geschmacks-
knospen, hier muss das alles mit mir eins werden. Wenn
du mir nur ein Rezept vorliest, dann, dann, dann kommt
nichts in mich hinein, wird nichts eins mit mir, da kann
ich zwölf Minuten warten oder dreißig. Reicht dir das
jetzt als Antwort?‹

Es half zumindest. Und hilfreich war schließlich auch
noch das folgende Erlebnis oder Ereignis. Wegen einer
Kontrolluntersuchung saß er einmal beim Zahnarzt im
Wartezimmer und tat das, was man in Wartezimmern zu
tun pflegte: Er wartete. Links neben ihm saß eine Frau,
rechts neben ihm ein Kind, gegenüber eine weitere Frau.
Es ließ sich leider kein Gespräch über den Unterschied
zwischen Chronometer und Chronograph anstoßen.
Da fiel sein Blick auf den Zeitungstisch in der Mitte des
Raumes und er erspähte zwischen allerlei Blättchen zum
aktuellen Leben und Leiden des europäischen Adels eine
Haute Horlogerie-Gazette. Er erinnerte sich schlagartig an
die Wartezimmer-Erlebnisse mit seiner Mutter, als diese

ihn zur Frauenärztin mitgenommen hatte. Damals war er begeistert von den schönen Bildern gewesen. Und das war er auch jetzt natürlich noch immer. Er hob behutsam das recht dicke Konvolut vom Tisch, blickte fast etwas ängstlich die anderen drei wartenden Patienten an, war drauf und dran zu fragen ›Darf ich?‹, unterließ es aber, weil eine solch unterwürfige Frage nun wirklich völliger Unsinn gewesen wäre, legte die Gazette auf seine Knie und schlug das erste Blatt um. Und blätterte weiter. Und weiter. Und weiter. Das waren Meisterwerke, die er da sah. Unerschwinglich für einen Konditor (aber auch für einen Zahnarzt, die guten, alten Zeiten waren vorbei), dennoch wunderschön und erregend. Er streichelte mit dem Finger über das Ziffernblatt, über die Zeiger, über ein Datum auf der 6 – und da plötzlich schreckte er auf: Er riss den Finger von dem edel glänzenden Blatt hoch, als hätte sich dieses in eine glühende Herdplatte verwandelt, und rief laut in das Wartezimmer hinein: »Das ist bloß Papier!«

Die beiden Frauen blickten erst sich und dann ihn fragend an. Das Kind … fing zum Glück *nicht* an zu weinen. Schamesröte stieg im Kunden hoch. Er kam sich vor, als habe er etwas oder jemanden verraten. »Alles gut, alles gut«, sagte er beschwichtigend, »ich hatte da an was gedacht, ist mir rausgerutscht. Entschuldigung!« Die Frauen lächelten verzeihend und schauten beide fast synchron auf ihre Armbanduhren. Sie wollten nun doch baldmöglichst den harten Holzstuhl des Wartezimmers gegen den geschmeidigen Hightech-Behandlungsstuhl tauschen.

Aber natürlich hatte der Kunde Recht: Was er da sah, war zwar eine jenseits jeder Moral teure, ungeheuer edle Uhr, aber es war nur ein Foto auf Papier. Platt, weniger als einen Millimeter dünn. Zweidimensional.

In rasender Folge sausten Erinnerungen in seinem Kopf herum: Zifferblätter auf Sand – zweidimensional, Uhren auf Sonnen – zweidimensional, sich spiegelnde Zeiger in Fensterscheiben – zweidimensional, Ziffern auf Quarzkrachern – zweidimensional. Sicher, nahm er eine seiner Armbanduhren in die Hand, dann blitzte auch einmal eine dritte Dimension auf, aber diese war doch unzulänglich, irgendwie falsch, trügerisch. Und auch hermetisch. Die dreidimensionalen Uhrengehäuse waren fest verschlossen. ›Warum habe ich noch nie einmal eine Uhr geöffnet? Selbst geöffnet?‹, schoss es ihm durch den Kopf. Uhrmacherwerkzeug zu besorgen, war kein Hexenwerk und er war handwerklich begabt, als Konditor brauchte man eine ruhige Chirurgenhand. Dieses Versäumnis nagte plötzlich an ihm, fräste sich wie ein kleines Rädchen in ihn hinein. Ihm wurde mehr und mehr bewusst, dass er in seinem gesamten bisherigen Leben etwas ganz Wesentliches versäumt hatte. Dieses Versäumnis bestand nicht darin, noch nie eine Uhr geöffnet zu haben. Es so zu verstehen, wäre unzulänglich gewesen, eine viel zu plumpe Sicht auf diese komplizierten Dinge. Das an sich ja einfache Aufschrauben eines Uhrbodens wäre viel eher als Bild zu begreifen, als ein Symbol, als den wahren Anfang eines lang ersehnten und vielleicht vorherbestimmten Endes. Ihm wurde bewusst, dass er Uhren, so viele er auch gebastelt, gemalt, angeschaut, bewundert und gestreichelt hatte, noch kaum in ihrer Tiefe, in ihrem ureigenen Wesen kennengelernt hatte. Er glaubte zwar von zweidimensionalen Abbildungen her zu wissen, wie es in einer Uhr dreidimensional zuging, aber ein solches Papierwissen war völlig unzulänglich.

Der Kunde setzte nun alles daran, das bislang Versäumte nachzuholen. Er kaufte sich populärwissenschaftliche Bücher über die Kultur der Uhr. Er besuchte Uhrenmuseen in gut zwanzig Städten, wo er sich viel Wissen über die Geschichte der Zeitmessung aneignete. Er brachte Stunden vor Vitrinen zu, starrte auf Sonnenuhren, Sanduhren, Penduluhren, mittelgroße Räderwerkuhren, Tisch- und Kaminuhren, Taschenuhren, Armbanduhren, Stoppuhren, Taucheruhren, Schiffsglasenuhren. Er las aufmerksam die an den Vitrinen angebrachten Erläuterungen und manchmal fragte er auch Museumsaufseher nach Details, die er nicht verstand. Oft konnten die Wächter allerdings nicht helfen. Von solchen Besuchen kehrte er meist erschöpft in seine Wohnung zurück. Einerseits war er erfreut, immer wieder ihm bislang Unbekanntes entdeckt und gelernt zu haben, andererseits lösten diese neuen Eindrücke auch Panik erzeugende Gedanken in ihm aus, wenn er sich vorstellte, wie Menschen im 17., 18. oder 19. Jahrhundert Uhren erlebt haben mochten, welche Bedeutung Uhren für sie gehabt hatten, wie sie mit Unregelmäßigkeiten umgegangen waren, welche Katastrophen durch vorgehende, nachgehende oder stillstehende Uhren ausgelöst worden sein konnten.

Die Zeit schritt voran, ging dahin. Der Kunde wurde älter. Und ihm wurde zu seinem Leidwesen bewusst, dass all seine bemühten Anstrengungen, sich von der schnöden Zweidimensionalität seiner Uhrerfahrung zu lösen, nichts Wesentliches verändert hatten. Noch immer war keine einzige Uhr von ihm geöffnet worden, obwohl er sich ein ganz stattliches Arsenal an Uhrmacherwerkzeug angeschafft hatte. Aber die kleinen Schraubendreher, Pinzetten, Zwingen, Gehäuseöffner, Fräsen, die Staubschutzglocke, Lupe, der Federstiftaustreiber, all das lag ordentlich auf einer grünen, augenschonenden Unterlage und war nie angerührt worden.

Er brauchte Hilfe. Das war nicht mehr zu leugnen. Natürlich hätte er Uhren, zumal seine nicht zur Spitzenliga gehörenden, öffnen können – aber was dann?

Er brauchte Hilfe, und zwar wirklich sach- und fachkundige Hilfe, eine Hilfe für seinen höchsteigenen ›Schlussakt Uhr‹.

›Schlussakt Uhr‹, so hatte er sein Vorhaben getauft, ähnlich wie die Polizei einer Sonderkommission einen Codenamen gibt. Ganz zufrieden war er nicht, aber andere Wortschöpfungsversuche hatten ihm noch weniger gefallen. Kurz hatte er einmal an ›Uhriges Endspiel‹ gedacht – es aber rasch verworfen, da wäre seine frühe Schulzeit doch allzu bedrohlich wiederauferstanden.

Er hatte keine Vorstellung davon, wann, wo und wie sich sein Uhr-Finale ergeben und dartun würde. Aber schon bald sollte er zu einem ›Uhr-Kunden‹ werden, denn dieser Schlussakt fand in einem Geschäft statt. Und in einem Geschäft gab es im Wesentlichen zwei Sorten von Menschen: Verkäufer und Kunden.

3 Ein ungewöhnliches Geschäft

» | ch glaube, Sie mögen Uhren. Das trifft es, oder?«, fragte der Verkäufer. »Ich spüre das. Sonst wären Sie nicht hier.«

Der Kunde reagierte zunächst nicht, ließ eine kleine Weile der Stille verstreichen und nickte dann mit verschmitzter Miene, leicht verlegen, durchaus auch ein wenig herausfordernd. Der Verkäufer führte den Kunden zu einem Glastisch und bat ihn, auf einem feinen Lederstuhl Platz zu nehmen. Der Kunde setzte sich und wartete ab, was als Nächstes geschehen würde. Das Geschäft, in dem er sich befand, gehörte zur edleren Sorte. Große Fensterfront, dickes Glas, marmorne Fassade, schwere Eingangstür mit Messingapplikationen.

Wie er auf das Geschäft gestoßen war, wusste der Kunde nicht zu sagen. Es hatte ihn auch niemand danach gefragt. Nun aber, da er im Geschäft saß und wartete, wie man auf einen Arzt wartet, stellte er sich selbst diese Frage. Das Geschäft war plötzlich aufgetaucht, in einer Gegend der Stadt, die ihm durchaus nicht unbekannt war. ›Aufgetaucht‹ traf fast im Wortsinne zu, so kam es dem Kunden vor. Eben noch nicht da und blubb-blubb war es aus Untiefen … aufgetaucht. Als ob nicht er das Geschäft gesucht, sondern das Geschäft ihn gefunden hätte. Als ob er in einem unendlichen Meer schwimmend fast ertrunken wäre und sich plötzlich aus der Tiefe eine Insel ihm zur Rettung aufgetan hätte. ›Manchmal tauchen solche Inseln aber auch wieder ab‹, ging dem Kunden durch den Kopf, ›kaum dass man sich auf ihnen voller Hoffnung und Zuversicht niedergelassen hat.‹

Das Geschäft hatte wohl etwas mit Uhren zu tun, die Begrüßungsworte des Verkäufers ließen kaum eine andere Vermutung zu. Und noch etwas sprach dafür: ›ZEITLOS für Einen Herrn‹ lautete der ungewöhnliche Name des Etablissements, vielleicht war es auch nur eine Art Wahlspruch, ein Motto. Dieser Name oder Spruch war in derart ausladenden und verschnörkelten Schreibschriftlettern in das Glas der Eingangstür graviert, dass man mehrmals hinschauen musste, um diese vier Wörter überhaupt als Wörter zu identifizieren. ›Würde eine Konditorei so für ihre Torten oder eine Bäckerei so für ihre Brötchen werben, wäre sie rasch pleite‹, ging dem Kunden durch den Kopf. ›Aber Brot braucht man, eine Uhr nicht unbedingt.‹ Nach kurzem Zögern fügte er – unsicher geworden – hinter ›unbedingt‹ doch noch ein Fragezeichen ein – in Gedanken. Was zu einer neuen Überlegung führte: ›Der Mensch lebt nicht vom Brot allein.‹ Und gleich darauf: ›Aber er lebt auch nicht von einer Uhr. Oder vielleicht doch?‹ Wie auch immer: Er saß nun in diesem Geschäft und eine Bäckerei war es nicht.

Wie der Name unmissverständlich zu erkennen gab, bot man hier ausschließlich etwas für Herren an. Aber was? ›ZEITLOS‹ war ja keine Ware, kein Produkt, noch nicht einmal ein Haupt-, sondern ein Beiwort, eine Eigenschaft. Stünde dort ZEIT, dann könnte man vermuten, hier werde Zeit verkauft an Herren, nein an *einen* Herrn. Das wäre auch schwer verständlich, wenn man nicht an, nun ja, das Angebot gewisser erotischer Zeitspannen denken wollte. Aber dass er nicht im Empfangsraum eines Edelbordells saß, davon war der Kunde felsenfest überzeugt. Zumindest einigermaßen felsenfest.

Der Kunde war recht ordentlich gekleidet und roch nicht unangenehm. Er hatte eine braune Cordhose angezogen, dazu ein Cordsakko gleicher Farbe, dem man allerdings ansah, dass es den Kunden schon eine gewisse, längere, Zeit kleidete. An den Ellbogen war der Cord etwas fadenscheinig geworden und aus der rechten Ärmelmanschette lugten nicht gerade wenige Fäden hervor, die einstmals ordentlich verwebt und vernäht gewesen waren. Davon abgesehen konnte man das Äußere des Kunden nicht tadeln. Sein Haupthaar war unauffällig, kein Fettglanz, kein Schuppengestöber, gutbürgerliche Haarlänge.

Da saß er nun in diesem edlen Geschäft auf einem edlen Lederstuhl vor einem edlen Glastisch. Der Tisch und der Stuhl standen auf dunkelblauem, dickem Teppichboden, der aussah wie Samt und der sich auch so anfühlte, jedenfalls soweit die Füße das durch kräftiges Schuhwerk, Socken und Hautschwielen hindurch erahnen ließen. Der Teppichboden dämmte jede Art von Schall. Es war sehr ruhig in dem Geschäft, nichts hallte von irgendwoher zurück, weder das Herausziehen und Zurückschieben von Schubladen, noch das Aufspringen einer Registrierkasse. Allerdings: Es gab keine Hinweise darauf, dass es überhaupt eine Registrierkasse gab, und Schubladen waren auch nicht zu sehen. Aber es musste zweifellos welche geben. Das war doch immer so. Indes: Dieses Geschäft war ja schon vom Warenangebot her anders … besonders.

4 Erste Schrecksekunden und ein zuvorkommender Verkäufer

Kunde und Verkäufer schienen die einzigen Personen in den üppigen Räumlichkeiten zu sein. Der Verkäufer war inzwischen damit beschäftigt, dem Kunden — und nun verflog die noch leichte Unsicherheit um das Warenangebot in diesem Geschäft vollends — drei Uhren zur Ansicht vorzubereiten. Zunächst zückte er von irgendwoher – fast wie ein Zauberer, ein Illusionist – kleine dunkle Stoffdeckchen aus Samt herbei, die er von Staubpartikeln befreite, indem er die Tüchlein mit einer beherzten Handbewegung nach unten hin zum Teppichboden ausschlug. Sodann breitete er sie auf dem Glastisch sorgfältig aus und strich sie geradezu zärtlich glatt. Das alles ging völlig lautlos vonstatten. Auch von draußen drang kein Geräusch in den Verkaufsraum, was sicher ebenfalls dem samtigen Bodenbelag geschuldet war, mehr aber noch den sehr dicken Schaufensterscheiben, die wohl verhindern sollten, dass die edlen Uhren des Nachts – ohne pekuniäre oder andere Gegenleistung – durch nicht so edle Zeitgenossen ihres Verwahrortes verlustig gingen.

»Ich glaube, Sie mögen Uhren, nicht wahr?«, wiederholte der Verkäufer seine Frage. Er hatte scheinbar das schwer zu deutende Nicken des Kunden nicht bemerkt oder nicht bemerken wollen oder es nicht als Antwort akzeptiert.

»Ja, immer schon und das bedeutet: schon sehr lange, sehr, sehr lange, denn ich habe schon einige Jahre auf dem Buckel«, antwortete der Kunde nun, und zwar mit fester, durchdringender Stimme. Aber auch solche kräftigen Laute wurden vom edlen Teppichboden in watteweiches Flüstern verwandelt. Das aber kam beim Verkäufer durchaus an. Sein Gehör war die vornehme Akustik anscheinend gewöhnt.

»So ist es«, sagte der Verkäufer. Der Kunde wunderte sich etwas über diese drei Wörter. ›Bezieht er sich auf mein Alter? Sehen ich schon so alt aus?‹, fragte er sich. »Sie haben das Richtige getan. Sie haben lange gesucht, sind lange durch die Welt marschiert und haben nun ›ZEITLOS für Einen Herrn‹ gefunden.«

›Meine Güte‹, schoss es dem Kunden unvermittelt in den Kopf, als das Wort ›marschieren‹ fiel. Und es war nicht nur dieser Schreck-Gedanke, der da angeschossen kam, sondern auch Blut, das sich in Hals, Wangen und Stirn nach außen feuerrot leuchtend ausbreitete. ›Meine Güte, was ist, wenn ich draußen auf der Straße in einen Hundehaufen getreten bin und nun hier über diesen blauen, sicher mehrfach peinlichst gesaugten, feucht aufgefrischten, desinfizierten und dezent parfümierten (war es Moschus?) Samtboden gelaufen bin?‹

»Uhren sind berauschend! Fast so berauschend wie die Zeit selbst«, sagte der Verkäufer mehr zu sich als an den Kunden gerichtet und setzte seine Bemühungen fort, die drei Armbanduhren in bestem Licht erglänzen zu lassen.

Der Kunde schaute unterdessen, so unauffällig er konnte, vor sich zwischen seine Beine, hob leicht erst den linken Fuß, dann den rechten, entdeckte nichts Besorgniserregendes, holte einmal tief Luft durch die Nase und roch auch nichts Besorgniserregendes. Dann schaute er wieder hoch und den Verkäufer an.

»Ja, das sind sie, Uhren sind berauschend«, bestätigte der Kunde. Er richtete seinen Blick nun auf die Glastischplatte vor sich, die vom Verkäufer inzwischen zu einer, ja, man muss sagen: Miniatur-Theaterbühne umgebaut worden war. Die drei schwarzen oder tief dunkelblauen Samtdeckchen waren in Form eines gleichschenkligen Dreiecks auf dem Tisch angeordnet, sodass sich im vorderen Bereich zum Kunden hin zwei auf gleicher Höhe befanden und mittig im Hintergrund etwas weiter entfernt das dritte. Auf die Deckchen hatte der Verkäufer kleine, mit buntem Leinen bezogene Klappliegestühle gestellt, wie man sie aus Spielwarengeschäften kannte, die noch feine Puppenhäuser aus Echtholz vertrieben. Auf diesen Liegestühlen entspannten sich die drei Uhren. Sie schauten mit ihren Zifferblättern den Kunden erwartungsvoll, ja geradezu begierig an, als ob er die Sonne sei und sie bräunungssüchtige Urlauber, die nach einhundertsiebenundneunzig harten Arbeitstagen *bitteschön* ein wenig Wärme, Entspannung, Sorglosigkeit und vor allem ungeteilte Aufmerksamkeit verdient hatten.

»Nun, was sagen Sie?«, fragte der Verkäufer. »Ich kann Ihnen zu jeder Uhr Interessantes, sehr Interessantes, erzählen – natürlich nur, wenn Sie das auch möchten. Sie dürfen die Uhren selbstredend in die Hand nehmen, sie auch gerne anlegen, sie an sich heranführen, sie fühlen und erleben. Deshalb sind Sie hier. Ein Wort und ich hole rasch ein paar baumwollene Handschuhe…«

5 Kein Bordell, nein

»Nicht nötig«, sagte der Kunde etwas abwesend und schielte kurz nach hinten rechts über seine Schulter, konnte aber auf dem Teppichboden wirklich gar nichts entdecken, das irgendwie mit einer Hundehaufenschleifspur in Verbindung zu bringen gewesen wäre. Allerdings war der Verkaufsraum nicht lichtgeflutet wie ein Fußballstadion oder ausgeleuchtet wie ein Mord-Tatort. Die Beleuchtung erinnerte eher an die in einem edlen Bordell, aber das *war* kein Bordell, da war sich der Kunde doch sicher, zumindest einigermaßen sicher. Es gab ein sehr dezentes, punktuell gerichtetes Licht, das sich vornehmlich auf den Glastisch und das, was auf ihm lag, konzentrierte. »Zumindest ist das jetzt noch nicht nötig. Ich betrachte die Uhren erst einmal. Mache meine Augen weit auf. Ich bin, naja, so ein Spanner-Typ, wissen Sie? So ein *Peeping Tom*-Typ. Ich lasse die Schönheiten erst einmal meine Sehnerven kitzeln. Nervenkitzel der besonderen Art, verstehen Sie?« Mit einem leicht provozierenden Schmunzeln schielte der Kunde zum Verkäufer. »Wenn ich Sie nur später bitten dürfte, diese oder jene Uhr einmal umzudrehen…?« Langsam zog sich das Blut aus Hals, Wangen und Stirn wieder zurück.

»Selbstverständlich«, entgegnete der Verkäufer, ohne auf das Spannen und Peepen einzugehen, »alles, wie Sie möchten. Aber natürlich haben wir noch viel mehr Uhren. Ich habe erst einmal nur diese drei Modelle…«, er wies ganz leicht mit der Spitze seiner Nase auf die drei Deckchen, »… eine faszinierende *Laurent & Sault*, eine hinreißende *Maurillot* sowie eine durch und durch aufregende – nun ja, ich würde wohl auch meinen: erregende – *Son Céleste* aus unserem…«, er machte eine kleine kalkulierte Pause, »… besonders gesicherten Raum geholt.« Mit einem kaum wahrnehmbaren Lippenzucken wendete der Verkäufer seinen Kopf leicht nach links hinten, wo sich wahrscheinlich der besagte, besonders gesicherte Bereich befand. Der Kunde folgte seinem Blick, konnte aber keine Tür – eine dicke Tresortür etwa mit stählernen Schließbolzen und einem Zahlenkombinationsrad – erkennen. Es war einfach zu dunkel. Aber etwas anderes, Gott sei Dank, sah er oder, besser gesagt, sah er nicht: Der Teppich auch in Richtung Tresorraum schien vollkommen makellos. ›Allerdings bin ich ja dort auch gar nicht gewesen‹, dachte der Kunde, ›also könnte ich ja auch gar nichts Übles hinterlassen haben. Noch nicht jedenfalls.‹

6 Gangreserven, Stehhilfen und Brot zum Leben

Erleichtert beugte er sich ein wenig nach vorn, um einen besseren Blick auf die Uhr rechts von ihm zu bekommen. Es war die *Laurent & Sault*. Aufgeräumtes, aber nicht skelettiertes Ziffernblatt, Datum bei drei, kleine Sekunde auf neun Uhr, römische Ziffern in Weiß auf dunkelgrünem Grund, halbtransparente Zeiger, rotes L auf der Spitze des Minutenzeigers, rotes S auf der des Stundenzeigers (die Initialen von Elias Laurent und Germaine Sault), verschraubte Krone. Glasboden, Saphirglas war anzunehmen, aber jetzt noch nicht sichtbar.

»Über welche Gangdauer verfügt die *L & S*?«, fragte der Kunde.

»Hui, Sie kommen schnell zur Sache, mein Herr«, antwortete der Verkäufer. »Meine Hochachtung, das haben wir hier nicht oft. Etwa fünfundsiebzig Stunden, also rund drei Tage.«

Der Kunde erwiderte nichts. Aber in seinem Kopf setzte sich nun eine stattliche Schwungmasse in Gang.

»Fünfundsiebzig Stunden…«, nuschelte der Kunde, und der Verkäufer setzte fort: »… fünfundsiebzig Stunden sind ein guter Wert, aber das wissen Sie sicher. Die *Son Céleste* hat etwas weniger, rund sechsundfünfzig Stunden, die *Maurillot* liegt bei etwa siebzig.« Er hatte es sich inzwischen an einer Stehhilfe bequem gemacht, einem Hochstuhl mit kleiner ausklappbarer Sitzfläche, auf der man nicht wirklich sitzen konnte, aber die doch geeignet war, den Rücken und die Lendenwirbelsäule zu entlasten. Der Hochstuhl passte zum übrigen Interieur des Geschäfts: blankpoliertes Stahlgestell, der Halbsitz mit dunklem Wildleder bezogen. Edel. Es gab mehrere solcher Stehhilfen im großen Verkaufsraum. Wie viele mochten es wohl sein? Vier, fünf, acht, elf, sechszehn, neunzehn, vierundzwanzig… Der Kunde schüttelte den Kopf, hörte auf zu zählen. Die Stehhilfen waren jeweils an einer der Schmalseiten, während die Ledersessel für die Kunden vor der Breitseite der Tische platziert waren.

Das fiel dem Kunden nun auf und er dachte: ›Ob hier alle Verkäufer Rückenprobleme haben?‹ Als Konditor waren ihm Kreuzschmerzen wahrlich nicht unbekannt – oft musste er stundenlang leicht vornübergebeugt Torten aufschichten, Sahnekrönchen modellieren oder mit Zuckerguss Hochzeitswünsche auf Schokoladenplatten schreiben. Und noch etwas fiel ihm auf: Er, der Kunde, saß, während der Verkäufer – wenn auch mit gewisser Unterstützung – stand und auf den Kunden herabschaute. Der Kunde musste nicht nur den Kopf heben, sondern ihn zusätzlich noch nach links oder rechts drehen, wenn er denn so höflich sein wollte, den Verkäufer anzuschauen, sobald es zu einem Wortwechsel kam. ›Durchaus nicht alltäglich‹, dachte der Kunde, ›aber ich bin ja auch nicht in einem alltäglichen Geschäft, nicht in einer Bäckerei, um ein Brot zum Leben zu kaufen.‹

Obwohl der Verkäufer eigentlich nicht wissen konnte, was der Kunde gerade gedacht hatte, klang das, was er nun vorbrachte, wie eine Replik auf den Gedanken des Kunden:

»Eine *Uhr* fürs Leben allerdings…«, und tatsächlich betonte der Verkäufer das Wort ›Uhr‹, als wolle er einen bewussten Gegensatz zum ›Brot‹ schaffen, »… eine *Uhr* … für den Rest des Lebens, das ist weniger die *L & S*, sondern vielmehr die *Son Céleste*. Sie verfügt zwar nur über rund sechsundfünfzig Stunden Gangreserve, aber sie hat, anders als die beiden anderen Uhren, drei mächtige und verführerische Zusatzkomplikationen: eine Gangreserveanzeige, eine Mondphase und eine Minutenrepetition.«

»Uhren für den Rest des Lebens«, murmelte der Kunde vor sich hin, wandte sich aber gerade nicht der angepriesenen und in der Tat lockenden und verlockenden *Son Céleste* zu, sondern der *Maurillot*. Das war wohl kein wirklich bewusster Akt, aber irgendwie sollte der Verkäufer doch merken, dass er, der Kunde, auch einen eigenen Willen hatte und sich nicht völlig ausliefern wollte. Der Verkäufer kannte solche Phasen kindlichen Trotzens und ging nicht weiter darauf ein.

»Siebzig Stunden Reserve in der *Maurillot*, sagten Sie – und was hat sie sonst zu bieten, für den Rest des Lebens?«

7 Retrograde Erotik

Der Verkäufer änderte ganz leicht, kaum wahrnehmbar, die Haltung an der Stehhilfe, drückte nun eher die rechte als die linke Hüfte an den Halbsitz.

»Wie Sie sehen, ist das Ziffernblatt stark skelettiert und erlaubt tiefe Einblicke ins Innere, nicht nur auf Unruh und Unruhlager, auch Teile des Minuten- und Sekundenrades sind erkennbar, die Hemmung, das Sperrrad. Berauschend, nicht? Das geht natürlich etwas zu Lasten guter Ablesbarkeit der … Zeit. Dürfte Ihnen aber bekannt sein.«

»Ablesbarkeit der Zeit. Interessante Kategorie, die Sie da vorbringen!« sagte der Kunde mit einer gewissen Schärfe in der Stimme. Seine Trotzphase dauerte noch an.

»Das Highlight der *Maurillot* ist aber zweifellos – verzeihen Sie, wenn ich es so sage – ihr geradezu erotisches retrogrades Datum. Schauen Sie nur, in welch gekonnter ästhetischer Meisterschaft sich der Monatshalbkreis mit einunddreißig Emailziffern um die ovale Skelettöffnung schmiegt und wie der Tageszeiger in seiner matt gebürsteten Schlichtheit das Datum fast besser sichtbar macht als die Minuten- und Stundenzeiger eben die Minuten und Stunden.« Der Verkäufer kam hier auf winzigste Details zu sprechen, hatte sich allerdings keinen Zentimeter mit seinem Oberkörper auf den Kunden zubewegt oder seinen Arm ausgestreckt, um etwa mit einem Finger seine Ausführungen zu begleiten. Das wäre zwar angesichts der Winzigkeit dieser *Haute Horlogerie*-Kapriolen nicht wirklich möglich beziehungsweise sinnvoll, aber doch eine freundliche Geste gewesen. Indes: So etwas tat man hier augenscheinlich nicht.

»Ist ein erotisches retrogrades Einunddreißiger-Datum bei siebzig Stunden Gangreserve nicht etwas … wie soll ich sagen … absurd?«, fragte der Kunde, wobei es sich eher um eine immer noch etwas trotzige Feststellung handelte.

Der Verkäufer holte tief Luft und rutschte leicht verärgert an dem Halbsitz hin und her. Ihm kamen leise Zweifel, ob Kunde und ›ZEITLOS‹ schon füreinander bestimmt waren. Womöglich hätte er ihn beim Betreten des Geschäfts besser taxieren sollen. Sicher, der Kunde roch nicht unangenehm, er war recht ansehnlich und ordentlich gekleidet, wenn auch der Cordstoff … nun ja. Er hatte sich sogar – auf die Öffnung der schweren Glastür wartend – die Schuhe abgeputzt, allerdings unbewusst, eher einer gewissen Routine folgend. Kurzum: ›Vielleicht habe ich es ein ganz klein wenig an kritischer Aufmerksamkeit fehlen lassen, aber schauen wir, wie es weitergeht, es wird sich bald zeigen‹, dachte der Verkäufer und setzte

seine Ansprache an den Kunden in bemühter Freundlich-
keit fort.

8 Verführungen im Liegestuhl

»Vielleicht darf ich Ihre werte Aufmerksamkeit doch
noch einmal auf die *Son Céleste* lenken. Schenken
Sie ihr doch ein wenig, wie soll ich sagen … Hingabe«,
auch wenn Sie Gangreserveanzeige, Stunden- und Minutenrepetition sowie Mondphase jetzt noch nicht schätzen.
Manches braucht aber … wem sage ich das? … Zeit.«

Der Kunde lehnte sich etwas erschöpft zurück, sodass
der an sich schwere Stuhl leicht nach hinten kippelte.

»Obacht, Obacht!«, flüsterte der Verkäufer, langte mit
seiner Hand indes nicht zur Lehne des Stuhls, um diesen
vor einem Sturz zu bewahren (der aber auch ohne helfen-
de Manipulation ausblieb), sondern zum Deckchen, auf
dem die *Son Céleste* in ihrem Liegestuhl ruhte.

Natürlich ruhte sie nicht wirklich, sondern in ihrem
Inneren herrschte reges Leben: Es gab Schwingungen in
diese und jene Richtung. Federn in gediegenen Häusern
mühten sich redlich und taten ihr Bestes. Rädchen zuck-
ten hier in die eine, dort in eine andere Richtung. Energie
wurde gespeichert, gehemmt, abgegeben und wieder neu
aufgenommen. Zeiger rückten schneller oder langsamer
voran, je nachdem, welche Aufgabe man ihnen zugewiesen hatte. Ein Schlagwerk mit zwei Hämmerchen wartete
aufmerksam auf seinen Einsatz, die Stunden durch einen
tiefen Basston und die Minuten durch einen freundlichen
hohen Ton an das Gehör des Uhrträgers weiterzuleiten.
Auf Wunsch konnte der Uhr noch ein kleiner Doppel-
schlag für Viertelstundensequenzen entlockt werden.

Und schließlich bewegte sich eine goldene Mondscheibe in einer elendiglich quälend langsamen, aber nichtsdestotrotz genau berechneten Rotation vor sich hin. So viel Leben sah man der *Son Céleste* wahrlich nicht an, wie sie sich da so harmlos in ihrem Liegestuhl räkelte und den Kunden anhimmelte, als sei sie eine … eine … eine … nein, das nicht … als sei sie eine … Touristin unter der Sonne Südspaniens.

Die *Son Céleste* lag am weitesten vom Kunden entfernt, an der hinteren Spitze des gleichschenkligen Dreiecks. Der Verkäufer zerstörte nun mit fester, entschlossener Hand diese Geometrie und schob die *Son Céleste* in ihrem Liegestuhl und mit dem Deckchen nach vorn, sodass sie mittig zwischen der *Maurillot* und der *Laurent & Sault* einen neuen Platz zugewiesen bekam. »So, jetzt hat die *Son Céleste* einen neuen Unruh-Platz gefunden«, sagte der Verkäufer, lachte kurz auf und schaute den Kunden ein wenig herausfordernd an.

»Sie sind ein beherzter Verkäufer mit Sprachwitz«, entfuhr es dem Kunden – fast drohend und ziemlich laut, aber doch im Wissen darum, dass der Teppich dämpfend wirken und die Schärfe der Ansprache mildern würde. »Nun gut denn, die *Son Céleste*, dann drehen Sie sie doch jetzt bitte einmal um.«

9 Neckisches Kaliber-Schubsen

Der Verkäufer zückte zwei dunkelblaue Baumwollhandschuhe aus seiner Jackettasche, streifte sie über seine Hände, verzahnte seine Finger ineinander, um die Fingerlinge zu straffen, und hob die *Son Céleste* mit einer Vor- und Umsicht aus ihrem Liegestuhl, die an das Hantieren von

Wissenschaftlern in Hochsicherheitslaboren erinnerte. Ein kleiner Missgriff und alles war dahin: Virusausbruch, Pandemie, Massensterben, Ende aller Zeiten. Aber hier ging es weder um ein Virus zum Sterben noch um ein Brot zum Leben. Eher um Lebensreste, Gangreserven, Restlaufzeiten, Zeitverkürzung, Zeitverzögerung. Mit einem Geschick, das jahrelange Routine verriet, drehte der Verkäufer die Uhr, senkte sie sanft mit dem Saphirglas nach unten auf das bunte Leinen des Liegestuhls ab, ließ sodann die eine – die obere – Hälfte des feinen Schlangenlederarmbands mit gespielter Nachlässigkeit einfach fallen, während er die andere – die untere – Hälfte mit dem Mittelfinger seiner rechten Hand geradezu zärtlich auf ihrem Schwerkraftweg nach unten abfederte und gleichzeitig mit dem Zeigefinger dem aus Platin gefertigten Kaliber einen sanften Was-sich-neckt-das-liebt-sich-Schubser zuteilwerden ließ. Dieser leichte und liebevolle Schubser führte dazu, dass sich die durch den Glasboden der *Son Céleste* sichtbare Schwungmasse, ein rotgoldener, fein skelettierter und mit funkelnden Diamanten besetzter Rotor, mehrfach – ganz langsam – im Gehäuse drehte.

»Schauen Sie nur!«, flüsterte der Verkäufer, »schauen Sie nur!«

Der Kunde richtete sein Augenmerk auf den edlen gläsernen Boden der *Son Céleste*. Nun ja, Rotoren in Bewegung waren nichts Spektakuläres, das war ja ihre Aufgabe: sich zu drehen, zu drehen, zu drehen, um das Uhrwerk mit Kraft zu versorgen. Aber dieser Rotor war schon etwas Besonderes. Wie er sich so langsam drehte in seiner filigranen Skelettierung konnte man ihn auch für ein scharfes, sehr scharfes Schneide-Instrument halten, eine Art Sense, die alles gnadenlos zerstückelte, was ihr in die Quere kam. Und leuchtete es da nicht tatsächlich blutig auf? Der Kunde neigte den Kopf nach links, dann nach rechts, blinzelte kurz und riss die Augen wieder ruckartig auf, senkte den gesamten Oberkörper Richtung Glastisch, streckte, krümmte und verrenkte den Hals geradezu besorgniserregend und berührte mit seiner Nase fast den Saphirglasboden.

10 Blutbäche

»So, habe ich Sie endlich erwischt!«, platzte der Verkäufer in die etwas meditative Stille, was zu einem verschreckten Hochschnellen des Kunden führte. Hatte er etwa die Uhr tatsächlich mit seiner Nasenspitze berührt und ein Sakrileg begangen? Wieder schoss ihm Blut in Hals, Stirn und Wangen. »Jetzt haben wir Sie!« triumphierte der Verkäufer. Der Rotor fetzte, schnitt und stückelte langsam vor sich hin. Der Kunde war stocksteif geworden, wagte kaum zu atmen.

»Jetzt sind Sie endlich bei der Sache!«

Ob dieser Worte schöpfte der Kunde jedoch etwas Hoffnung, das klang versöhnlich, er atmete langsam aus, langsam ein. ›Es wird wohl doch noch glimpflich ausgehen.‹

»Jetzt sieht man Ihnen die nötige Begeisterung an, die Erregung, die von der *Son Céleste* ausgeht. Alles wird gut!« Das Blut zog sich langsam, durchaus noch vorsichtig, wieder aus Kopf und Hals zurück. »Jetzt kommen Sie allmählich an – hier bei uns!«

Ausatmen, einatmen, ausatmen, einatmen. Der Kunde schaute auf den Rotor, diese edle Hacke, und atmete bei jeder Umdrehung ein, bei jeder weiteren aus. Ja, es schimmerte blutig dort unten hinter dem Glasboden – aber natürlich: das waren die Jewels, die Lagersteine aus Rubinen.

Und da sich der Rotor ja bewegte, seine Runden drehte, wurde das, was darunter lag, durch ihn immer wieder kurz verdeckt, auch die Rubine, und einmal traf sie ein Lichtstrahl und sie funkelten auf, dann wieder erlosch dieses Blitzen, dann erneutes helles Leuchten an anderer Stelle, immer im Wechsel, und wenn man die Augen leicht schloss, ein wenig blinzelte und ein kleiner Tränenfilm den Blick trübte, konnte man tatsächlich glauben, im Inneren der Uhr plätscherten Blutbäche vor sich hin.

Nun fand das neckische Kaliber-Schubsen allerdings keine Fortsetzung, sodass der schnittige Rotor langsamer und langsamer wurde, bis er schließlich in einer feinen Zitterbewegung ganz zum Stillstand kam. Das Leben im Inneren der Uhr kam freilich noch nicht zum Stillstand, es gab ja Gangreserven, nicht viele mehr, etwa achtzehn Stunden würde der entsprechende Zeiger andeuten, wenn man die Uhr wieder umdrehte, aber das stand jetzt nicht an. Die Reserven sorgten zuverlässig dafür, dass es hier noch zitterte und da noch vibrierte und oszillierte und dass Zahnrädlein in harmonischem Zucken immer und immer wieder zu- und ineinander fanden. Nur der Rotor stand eben still, sodass etwa ein Drittel des Uhrwerks von ihm dauerhaft verdeckt war, während die übrigen zwei Drittel ohne Störung durch die ebenso edle wie bedrohliche Schwungmasse bewundert werden konnten: zwei Federhäuser, feine Zugfedern, Rutschkopplung, Unruhlager und Unruhkolben, Ankerrad, Räderwerk und blutrote Lagersteine. Irgendwo tief im Inneren war die Mondscheibe zu vermuten, zu sehen war sie jedoch nicht. Im Gegensatz freilich zu den winzigen Stahlhämmerchen, die immer dann auf unterschiedlich gestimmte Tonfedern schlügen, würde man die Zeit nicht nur ablesen, sondern auch hören wollen.

Geradezu andächtig schaute der Kunde *auf* die Unterseite der *Son Céleste* und so tief wie möglich *in* sie hinein.

Ein schwer zu beschreibendes Gefühl wohliger Zufriedenheit ergriff ihn. Es war sehr still und ein noch jugendliches, frisches Gehör mit noch intakten Hörzellen hätte das gleichmäßige Ticken der Uhr wahrnehmen lassen können, jenes magische Geräusch, das zustande kommt, wenn Gangregulierung und Hemmung die Schwingung der Unruh einmal in die eine und ein andermal in die andere Richtung schlagartig abbremsen. Aber so gute Ohren hatte der Kunde schon lange nicht mehr, diese Zeiten waren dahin, vergangen, abgelaufen.

Dessen ungeachtet sollte er allerdings noch so manch anderes zu hören bekommen.

11 Pang-Ping-Pong

Einige Augenblicke später meldete sich der Verkäufer in einem nun etwas kumpeligen Ton zurück: »So eine Minutenrepetition, wenn Sie sich die einmal vor Augen und mehr noch vor Ohren führen mögen, ist wirklich schöner als Sex.« Eine derartige Äußerung aus dem Mund des Verkäufers hätte der Kunde niemals für möglich gehalten, nicht in einem solch edlen Geschäft mit dem schwer verständlichen Leitspruch ›ZEITLOS für Einen Herrn‹. ›Vielleicht habe ich ihn falsch eingeschätzt oder er knüpft womöglich dankbar an mein Spannen und Peepen an‹, dachte der Kunde. Eines aber stand spätestens jetzt, nach dem Vergleich von Minutenrepetition mit Sex eindeutig fest: Ein Bordell war dieses Geschäft nicht. Jedenfalls keines im herkömmlichen Sinn.

»Möchten Sie einmal *sehen* und natürlich vor allem *hören*«, fuhr der Verkäufer fort, »wie die kleinen Hämmerlein des ›Himmlischen Klangs‹, denn das bedeutet *Son Céleste*, zärtlich gegen die Tonspirale klopfen … *Pang, Pang, Ping, Ping, Pong, Pong* … sollen wir einmal den gewissen Knopf drücken…?«

»Den gewissen Knopf … na, Sie sind mir ja Einer…«, entgegnete der Kunde mit einem Altherrenschmunzeln, »ich weiß nicht recht, ich, wie soll ich sagen, nein, also, lieber nicht, oder? Ich habe fast ein bisschen … Angst.«

»Vor der Stunden- und Minutenrepetition? Davor haben Sie Angst?«, unterbrach der Verkäufer mit einigem Nachdruck in der Stimme. »Wissen Sie, was eine solche Repetition so erregend macht? Dass man mit ihrer Hilfe die Zeit nicht einfach nur als eine letztlich völlig abstrakte Zeigerkonstellation *sieht*, sondern dass die Zeit durch *Klänge* im Menschen ankommt und dass der Mensch diesen Klang – Klang für Klang für Klang – in seinem Hirn zu verarbeiten hat. Er muss unterscheiden zwischen *Pang* und *Ping* und *Pong*, muss Folgen erkennen von *Pang-Ping-Pong* oder *Ping-Pong-Pang*, muss das Er- und Verklingen der Zeit, die Stunde, die es geschlagen hat, in sich eindringen lassen. Apropos: ›Das letzte Stündlein hat geschlagen‹, sagt man im Volksmund. Haben Sie deshalb Angst vor der Stundenrepetition?«

»Angst … nein, ach, wie soll ich sagen? Ich bin durcheinander. Sie können einen schon fordern. Aber deshalb bin ich wohl auch hier. Und Sie hatten und haben Recht: Die *Son Céleste* ist wie ein Rausch! Was sich da im Inneren, in diesen Tiefen und Abgründen nicht alles regt, das ist *Er*-Regung für ›Einen *Herrn*‹, Sie verstehen?« Dem Kunden war ganz plötzlich die Idee gekommen, auf etwas schelmische Weise den Verkäufer aus der Reserve zu locken, um etwas über den außergewöhnlichen Wahlspruch des Geschäfts zu erfahren.

Der Verkäufer gab sich einen kleinen Ruck, löste sich von seiner Stehhilfe, ging um den Glastisch herum, stellte sich dem Kunden gegenüber auf, stützte seine Hände auf den Tisch, schob seinen Oberkörper etwas nach vorn und blickte dem Kunden – immer noch ein wenig von oben herab – fest in die Augen.

12 Ein Ausflug in das 18. Jahrhundert

E r ließ sich allerdings keineswegs aus der Reserve locken. Was nun folgte, ging in eine ganz andere Richtung, als vom Kunden erhofft, entwickelte aber einen eigenen und notwendigen Reiz.

»Die Stundenrepetition«, hob der Verkäufer an, »gibt es seit dem 18. Jahrhundert. Da brauchen Sie also gar keine Sorgen haben – sie ist lang erprobt. Erfunden hat sie der genialste aller Zeittüftler: *Monsieur*, was sage ich, *Maître* Abraham-Louis Breguet. Ist Ihnen zweifellos ein Begriff. Nehme ich wenigstens an.«

Jetzt kam dem Kunden zugute, dass er sich noch rechtzeitig mit Grundzügen der Geschichte der Zeitmessung befasst und in den zahlreichen Uhrenmuseen weitergebildet hatte – wenn auch all dies meist nur in der Zweidimensionalität von Papierseiten in Ausstellungskatalogen und Informationsbroschüren. Der Name *Breguet* aber tauchte dort an jeder Ecke und Kante auf.

»Natürlich«, entgegnete der Kunde, »*Haute Horlogerie*, die Manufaktur *Montres Breguet*, natürlich, ist mir ein Begriff.« Die französischen Wörter verließen den Kunden mit einem ... nun ja, gewöhnungsbedürftigen Akzent: *Ott Orloschrie ... Montreß Brägäh*. Seine Schulzeit lang in der Tat schon eine Weile zurück. Er wollte aber doch durchschimmern lassen, dass ihm die frankophone Welt der *Ott Orloschrie* nicht ganz fremd war.

»Vor allem aber«, setzte der Verkäufer fort und legte nun besonderen Wert auf eine makellose Artikulation mit Pariser Einschlag, »geht auf Breguet alles, alles, alles Edle zurück, was Uhren zu bieten haben. Auch die *Laurent & Sault*, die *Maurillot* und die *Son Céleste – die* insbesondere – wären ohne *Maître* Breguet, diesen begnadeten, geistreichen, hingebungsvollen, mehr in Zahnrädchen als in jede noch so verführerische Frau vernarrten feinen Mechaniker undenkbar!« Der Verkäufer neigte den Kopf ein wenig nach links und schaute dem Kunden in die Augen. Dann legte er richtig los: »Neukonzipierte Hemmung! Revolution der Unruh-Spiralfeder! Erfindung der Tonfeder – Segen für unsere blinden Mitmenschen, sofern sie genug Geld haben. Aber dies einmal beiseitegelassen: Wie ich eben schon sagte, diese kleinen Hämmerchen, wenn die *Ping-Pong-Pang* gegen die Tonfeder klopfen, das erfreut den Herrn mehr, als es Mätressen im Himmelbett je ins Werk setzen könnten, würden Sie nicht auch sagen?«

Der Kunde antwortete darauf nicht und so fuhr der Verkäufer fort: »Ach, was wäre nicht alles noch zu nennen … Breguets zärtlich-zauberhafte *Finissage*-Arbeiten … seine *Pare-chute* genannte – Sie entschuldigen – Stoßsicherung … überhaupt die Idee, mittels einer Schwungmasse einer Uhr Ewigkeit, *Éternité*, einzuhauchen … Geburt der *Perpétuelle, Perpétuelle, Perpétuelle*…« Der Verkäufer schüttelte kurz seinen Kopf, die dunkelbraunen halblangen Haare erhoben sich ein wenig und schwebten alsbald wieder herab.

»Und wissen Sie, das sage ich Ihnen nun aus tiefstem Herzen und mit allem Nachdruck und auch gewisser Achtung vor Ihnen: Wenn Sie das Feinste des Feinen, das Schönste des Schönen, das Kniffligste des Kniffligen, kurz das Glanzvollste, das uhrmacherische Kunst je hervorgebracht hat, in einer einzigen Uhr bewundern wollen, dann führen Sie sich bitte die *Marie-Antoinette Perpétuelle Numéro Cent Soixante* von *Maître* Abraham-Louis Breguet vor Augen.«

Der Verkäufer zuckte mit seinen Händen, atmete einmal tief aus und nach einer kleinen Pause wieder ein. Er kippte den Kopf ein wenig in Richtung Kunde und schien auf eine Reaktion zu warten, die aber ausblieb. Und also setzte er seine Geschichtsstunde fort.

»Vielleicht haben Sie schon einmal von der *Cent Soixante* gehört, aber Sie werden sie natürlich nie besitzen. Selbst wir haben sie nicht hier. Zeigen kann ich Ihnen diese Uhr nicht. Das wäre auch gar nicht zielführend. Denn Sie müssen die *Cent Soixante* wahrlich in Ihren Kopf wandern lassen. Sie müssen sie mit und in Ihrem Leib, mit und in Ihrer Seele erfühlen. Ich werde Ihnen gleich ein wenig Zehrung für Ihr Neuronennetz spendieren. Um Breguet und mit ihm die Hohe, nein Höchste Kunst der Uhrmacherei überhaupt kennenzulernen, also tief, tief, tief in allen Facetten in sich aufzunehmen, kann es nur *diese eine* Uhr geben: die *Marie-Antoinette.*«

Der Verkäufer schien ein wenig erschöpft zu sein, jedenfalls vermittelten seine Augen und sein Mund einen solchen Eindruck. Aber schon nach einer kleinen Weile stillen Atmens ging es weiter. Er streckte seine Arme hoch über seinen Kopf, spreizte die Finger und machte während der folgenden Redekaskade eine theatralisch wirkende Geste, indem er in leicht zuckender Bewegung beide Arme wie gegenläufige Zeiger allmählich von ganz oben nach ganz unten absinken ließ. »Auf engstem und zugleich edelstem Raum finden sich: *Pare-chute*-Stoßsicherung, Ankerhemmung, perpetueller Aufzug, zylindrische Goldspiralfedern, Tag- und Monatsanzeige, Schaltjahrobacht, springende Stunde, Thermometer, unabhängiger Sekundenzeiger, Gangreserveanzeige, Stundenrepetition, Minutenrepetition, Bimetall-Unruh…«

»*Doucement, doucement*«, bat der Kunde auf Französisch mit erneut sehr hartem Akzent, sodass es wie *Dossmann, Dossmann* klang. »Mir wird schwindlig«, flüsterte er, »meine Güte. Wo bin ich hier eigentlich? Es ist wirklich keine Bäckerei…«

»Bäckerei?«, warf der Verkäufer fragend ein.

»Ja, ich hörte schon einmal von dieser Uhr«, sagte der Kunde hastig, um seinen gerade herausgeplapperten Gedanken an eine Bäckerei so schnell wie möglich vergessen zu machen, »Einzelheiten sind mir nicht bekannt, meine aber, die Uhr gehörte der französischen Königin *Marie-Antoynett*«, der Akzent des Kunden hatte sich natürlich nicht verbessert, »der Frau von Ludwig dem Vierzehnten, nicht wahr? Und deshalb heißt die Uhr so, nicht wahr?«

»Nicht übel«, sagte der Verkäufer mit dem anerkennenden Nicken eines Lehrers, der auch schlechte Schüler bei der Stange halten will, »aber nicht ganz richtig. Zunächst: Es war Louis Seize, also Ludwig der Sechzehnte. Aber geschenkt – bei diesen vielen Ludwigs. Und auch alles andere ist komplizierter und verworrener. Ich mache es für Sie kurz.«

13 Die begehrenswerte Marie-Antoinette

Der Verkäufer streckte sich etwas, holte tief Luft, ergriff die Stehhilfe, drehte sie um, stützte seine Hände auf die Halbsitzplatte und nahm die Haltung eines Professors an einem Katheder ein. »Marie-Antoinette, müssen Sie wissen, war eine ziemlich schillernde Persönlichkeit am Französischen Hof. Da könnte man viel erzählen, auch Pikantes. Aber das ist nicht unser Thema. Sie liebte Luxus, liebte Uhren, kannte Breguet, bestellte bei ihm. Breguets Uhren waren … waren begehrt wie … also man hatte … hatte Gier nach ihnen wie … wie ein Verhungernder nach einem Stück Brot…«

›Na also: Der Mensch lebt nicht vom Brot allein, sondern auch von Uhren‹, dachte der Kunde und kramte die Gedanken hervor, die ihn anfangs umgetrieben hatten. Natürlich stimmte diese Zusammenfassung nicht ganz überein mit dem, was der Verkäufer etwas stammelnd und mit nicht gerade empathischem sozialethischen Gespür von sich gegeben hatte, aber das bemerkte der Kunde in seiner Aufregung nicht oder es war ihm einfach gleichgültig.

»Marie freilich mangelte es weder an Brot noch Kuchen und sie war kein Kind von Traurigkeit. Sie wurde verehrt und begehrt von so manchem stattlichen Mannsbild«, setzte der Verkäufer seine Vorlesung fort. »Einer dieser von der Königin hin- und hergerissenen Männer soll ein schwedischer Graf gewesen sein, der seiner – nun, sagen wir es, wie es ist – Gier nach Marie durch ein Uhr-Geschenk Ausdruck verleihen wollte. Das Beste war gerade gut genug und so bestellte er bei – natürlich! – Breguet eine Taschenuhr und verlangte mit größtem Nachdruck, dass sie alles bisher Dagewesene in den Schatten stellen müsste. Es sollte die Uhr der Uhren werden, die Mutter aller Uhren, eine Art Jungfrauengeburt, eine göttliche Uhrentrinität, ein Paradox, dem menschlichen Verstand nicht zugänglich, *la montre de poche la plus magnifique et la plus compliquée de tous les temps*, koste sie, was sie wolle, und dauere ihre Anfertigung so lange, wie sie eben dauere. Breguet hatte jede erdenkliche Freiheit und machte sich um 1783 an die Arbeit, vor langer, langer, langer Zeit. Aber …«

»Aber was?« Der Kunde unterbrach den Verkäufer ohne Not. Er wollte sich nur Zeit verschaffen, um Bilder in seinem Kopf zu malen oder eher in groben Zügen zu skizzieren, sein Neuronenwerk auf Trab zu bringen. Da hatte der Verkäufer durchaus recht. *Marie-Antoynett* in einem Himmelbett, nackt, aber sie bedeckt alles Wesentliche mit dicken Decken, der alte Schwede kniet davor, in seiner Hand ein Zeiger und eine Uhr, eine große Uhr, eine sehr, sehr große Uhr, größer als er selbst, größer als *Marie-Antoynett*, größer als das Himmelbett. Das Schlafgemach bricht rechts und links und oben und unten auseinander, weitere riesige Zeiger schleichen herum, dicke Hämmer erzeugen ohrenbetäubenden Lärm und *Marie-Antoynett* lacht, lacht, lacht, herzlich, begeistert, erregt … die schweren Bettdecken fliegen hoch…

»Darf ich fortfahren?«, fragte der Verkäufer, ohne auf eine Antwort zu warten. »Aber diese Uhr, diese Mutter aller Uhren, dieses göttliche Paradox – Zeit zeigen, ohne Zeit zu sein – verschlang … Zeit … fast ein halbes Jahrhundert.«

Den Kunden freute es einerseits, dass der gelehrte und unterhaltsame Uhrkundevortrag eine Fortsetzung fand, es ärgerte ihn hingegen, dass seine Kopfmalerei dadurch unterbrochen, ja eigentlich zerstört wurde. Er fühlte sich an eine Szene aus seiner Kindheit erinnert, als seine Mutter ihm einen Buntstift aus der Hand gerissen hatte, weil ihm vor lauter Malen durchgegangen war, dem ›Wir essen jetzt‹-Ruf Folge zu leisten. Damals blieb das Bild eines Märchenwaldes mit Bäumen und einem Wolf und einem Hexenhaus, auf dessen First eine Uhr aus Spekulatius prangte, unvollendet. Und jetzt, bei ›ZEITLOS für Einen Herrn‹ löste sich die herrliche Szenerie mit Himmelbett, Graf, Uhr, nackter Marie-Antoinette in Nichts auf. Wandel der Zeit. Die Striche wurden blasser und blasser und blasser, ähnlich wie der Rotor langsamer und langsamer und langsamer geworden war. Marie-Antoinette verschwand allmählich. Der Rotor aber blieb – unbeeindruckt, scharf und gefährlich.

14 Die bedauernswerte Marie-Antoinette

»**W**as reden Sie denn? Eine Uhr soll Zeit *verschlingen*?« empörte sich der Kunde. Er wollte damit seiner Verärgerung etwas Luft machen. Das schien ihm auf diese Weise einfacher zu sein, als dem Verkäufer umständlich von seiner Staffelei im Kopf zu erzählen und dass das erregende Bild nun zunichte war und die Zeit, diese alte Zeit, verflogen, geradezu mit den Bettdecken von Marie-Antoinette aufgestiegen war und sich in nichts aufgelöst hatte.

»Diese Uhr, diese Mutter aller Uhren, dieses … Wunder verschlang Zeit und Personal – fast ein halbes Jahrhundert«, wiederholte der Verkäufer unbeirrt. »Und so wurde sie erst 1827 fertiggestellt und da war Marie bereits 34 Jahre tot und…«

»Ja«, unterbrach der Kunde und schlug – immer noch erbost – heftig mit der Kante seiner rechten Hand auf den Glastisch, »da hatte das Fallbeil den Nacken zerteilt, nicht wahr?« Dass diese *Marie-Antoynett* nicht an Altersschwäche gestorben war, hatte er in einem der von ihm durchstöberten populären Uhren-Wälzer einmal gelesen. ›Zum Glück‹, dachte er, ›soll keiner sagen, ich könne nicht mitreden‹. Als er das Wort ›Fallbeil‹ aussprach, dachte er unwillkürlich an den Aufzugsrotor in der *Son Céleste* und die Blutflüsse, die aber keine Blutflüsse waren, sondern Rubine. Er griff erneut zu Kohlestift und Zeichenpapier und setzte zu einem neuen Bild an. In seinem Kopf.

»*Doucement*«, zischelte der Verkäufer mit dem bewusst gewählten Pariser Einschlag und blickte etwas besorgt auf die Uhren. Zum Glück aber hatte der Bezug der kleinen Liegestühle den heftigen Schlag des Kunden abgefedert, sodass zwar etwas Bewegung in die Uhren gekommen war, aber keine wirklich gefährliche Erschütterung. »Marie hatte nie das Vergnügen, diese Meisteruhr in den Händen zu halten. Übrigens auch nicht *Maître* Breguet selbst, der hat die Vollendung der *Numéro Cent Soixante* auch nicht mehr erlebt, er verstarb aber mit Kopf dran. Ach, wenn Marie sie doch wenigstens auf dem Schafott bei sich gehabt hätte! Sie liegt da ja, auf dem Richtapparat, bäuchlings, den Kopf nach unten gesenkt, in den Korb für den Kopf schauend – Sie kennen das doch, nicht wahr? Haben Sie bestimmt schon einmal Bilder gesehen. Da hätte der Scharfrichter doch die Uhr neben den Korb legen…«, der Verkäufer schaute den Kunden mit einem schwer zu deutenden Schmunzeln an, »und Marie sich in diese Meisteruhr verlieren können. Mit all ihren Finessen ist sie wahrlich beste Ablenkung, man hätte die Repetition betätigen können und, ja, die Redensart ›das letzte Stündlein hat geschlagen‹ hätte eine durch eine Königin geadelte welthistorische Bedeutung erlangt.« Der Verkäufer räusperte sich, wie man es tut, wenn man etwas Ungehöriges gesagt hat, das man indes nicht wirklich bedauert oder bereut.

15 Ein allzu spätes Geschäftsmodell

Der Kunde ließ sich nun nicht mehr Kohlestift, Pinsel oder was auch immer aus der Hand – aus dem Kopf – nehmen. Mit einmal zarten, dann wieder kräftigen, immer aber rasend schnellen neuronalen Strichen – denn Zeit musste ja sozusagen gegen die Zeit gemalt werden – ging es über das dicke Malpapier. »Ja, wirklich, daraus hätte sich ein neues Geschäftsmodell entwickeln lassen«, warf er begeistert ein, fast so, als ob man dies jetzt noch nachholen könnte. Er wollte wieder auf den Tisch schlagen, stoppte den Schlag aber rechtzeitig. Er streckte sich auf dem Ledersessel aus, drückte seine Schuhe in den samtigen Bodenbelag, schob sich mit dem Stuhl ein wenig zurück, zog die Schultern hoch und ließ sie wieder fallen, streckte beide Arme seitlings aus, zog sie vor der Brust wieder zusammen, faltete die Hände, knackte mit den Fingern, dehnte Hals mit Kopf – beinahe hätte man sagen können: Hals über Kopf – nach hinten. ›Man bräuchte einen griffigen Namen für die neue Tötungsmaschine‹, dachte er. ›Man will sie ja gut vermarkten, da kommt es auf eingängige Rhetorik an. Es müsste etwas Kurzes sein, ein Wort nur, nicht so etwas Verschwurbeltes wie ›ZEITLOS für Einen Herrn‹, nein, aber es müsste schon geheimnisvoll klingen, eher etwas für Kenner, für Menschen, die in Zusammenhängen denken können, die gebildet sind.‹

»Ich hab's«, rief er plötzlich laut und erfreut aus, »ich hab's: Die *Breguelotine*, so will ich sie nennen!« Er prononcierte natürlich seinen Französischkenntnissen entsprechend *Brähgählottiene*.

»Sie wäre die ultimative Hinrichtungsmaschine geworden«, sinnierte und murmelte und skizzierte er weiter vor sich hin. »Vor dem Turm der Guillotine auf dem Boden des Schafotts ein Brett, auf dem der Fangkorb steht und gleich daneben – dies nun das Extra – eine Vertiefung im Brett, in die man *Mähtrö Brägähs* meisterhaftes Meisterstück während der Hinrichtungszeremonie einlegt. Der Henker drückt den gewissen Knopf an der Uhr, der Delinquent oder die Delinquentin sieht das Zeigerwerk, die Augen gieren nach der pulsierenden Unruh. Dem eigenen Herzschlag können noch ein letztes Mal Zeitspannen zugeordnet werden, dann klopfen die Repetitionshämmerchen an – *Ping-Pong-Pang* – und das letzte Stündlein hat geschlagen, der Henker drückt flugs den anderen gewissen Knopf und dann dauert es noch … hmmm … eine Sekunde höchstens und der Kopf ist ab und die Uhr…«

Der Kunde machte eine kleine nachdenkliche Pause. Seine Hand zitterte, der Pinsel schwebte über der Farbpalette, wollte hinunter zum dunklen Rot, zögerte aber. »Darf ich einmal fragen, waren diese Uhren damals schon wasserdicht? Oder mit Blick auf meine Idee besser gesagt: blutdicht?«

»Sie kommen in Fahrt, mein Lieber, das freut mich, freut mich sehr«, lobte der Verkäufer. »Nein, das waren sie damals noch nicht, das gelang erst in den 1920er Jahren. Tja, was hätte man da 130 Jahre früher am besten gemacht…?«

»Gut zu wissen, interessant«, sagte der Kunde und wunderte sich ein wenig über sich selbst, dass er bislang noch nicht nachgeforscht hatte, seit wann es wasserdichte Uhren gab. Er dachte noch einen Moment etwas zerknirscht darüber nach, schob den Selbsttadel dann aber zur Seite. Er nahm wieder die Staffelei in Augenschein und sinnierte über Abhilfe für das entstandene Problem. Schließlich präsentierte er dem Verkäufer die geniale Lösung: »Nun, dann müsste man die Uhr während der Hinrichtung schützen, am besten mit einer Glasglocke, wissen Sie, mit so einem Glassturz. Der hat gar eine vergrößernde Wirkung, sodass das uhrige Räderwerk für die Delinquenten besser ablesbar ist, die kleinen Hämmerchen erscheinen riesengroß, regelrechte Dampfhämmer sind es, *PING-PONG-PANG* knallt und schallt und hallt es in der Glaskuppel von allen Seiten, der Rotor wird zum messerscharfen Fallbeil, aber noch verharrt es in zittriger, erwartungsvoller Ruhe…«

Stift, Pinsel, Mischpalette, Farbtuben, das alles flitzte im Kopf umher, führte fast ein Eigenleben, kaum mehr kontrollierbar, entfesselt und losgelöst von … von … der Zeit.

»Sie haben jetzt Bilder im Kopf, bravo, das war auch beabsichtigt, deshalb sind Sie ja hergekommen, Reisen anzutreten, also, Sie wissen, wie ich das meine…«

Der Verkäufer holte tief Luft und schaute dem Kunden wieder fest in die Augen. Dann ging er zurück zur Stehhilfe, lehnte sich an den Halbsitz, verschränkte die Arme, drehte den Kopf nach links hinten in Richtung des von ihm schon einmal erwähnten gesicherten Bereichs, schaute sodann zurück zum Kunden, nickte leicht vor sich hin und setzte das Gespräch in einem neuen Anlauf fort.

16 Drehungen und Wendungen

»Lassen wir die arme kopflose Marie-Antoinette einmal ruhen. Zurück zu uns Lebenden und unserem Thema hier und jetzt.«

Diese Worte erschütterten den Kunden geradezu. Er verlor jede gesunde Gesichtsfarbe, wurde sehr blass, weil auch sein stattliches Gemälde blasser und blasser und blasser wurde. Zuerst verschwanden die Kohlestriche, dann die Farblinien und endlich auch die dick aufgetragenen Spachtelmassen, die einmal einen blutüberströmten Glassturz dargestellt hatten. Wieder war ein schönes Gemälde zerstört worden.

»Wir müssen uns ein Stück weiterbewegen«, sagte der Verkäufer in väterlichem Ton, einer Mischung aus Verständnis und Strenge. Er sagte es, als ob er wüsste, wie der Kunde gerade litt, dass er dem Kunden etwas weggenommen hatte. »Sie können später – *später!* – immer wieder zu Marie-Antoinette und zur *Marie-Antoinette* zurück, auch zu Ihrer Erfindung. Nur jetzt müssen wir noch ein paar Schritte weitergehen. Ich frage Sie etwas: Die Krone aller Uhrmachermeisterschaft – oh, Sie entschuldigen, ich meine nicht die Krone zum Zeigerstellen und Federaufziehen – die Krone von all dieser Kunst, die Krone der Krone dieser Klein-Kunst ist selbstredend … na …? Eine Idee …?« Der Verkäufer stieß sich vom Halbsitz ab, wippte leicht mit den Füßen und sah den Kunden erwartungsvoll an.

›Was faselt er denn jetzt da?‹, fragte sich der Kunde. »Ja, ich weiß nicht«, flüsterte er dann in Richtung Verkäufer, zwar hörbar verärgert, aber doch recht kraftlos. »Auch hier in der *Son Céleste*? Noch etwas Edleres als die Stundenrepetition?« Eine gute Portion Resignation schwang in diesen Fragen mit.

»Nein, die *Son Céleste* verfügt nicht über das, was ich nun im Sinn habe. Und die *Marie-Antoinette* lassen wir jetzt auch einmal beiscite, mit ihr ist es in dieser Hinsicht … nun ja … schwierig. Ich spreche jetzt auch nicht von der *Maurillot*, auch nicht von der *Laurent & Sault*. Wir müssen jetzt ein paar Schritte nach vorn machen, wir müssen etwas weiterkommen, nicht wahr?«

Der Kunde entgegnete nichts. Er war sich unsicher, was der Verkäufer meinte, worauf er hinauswollte.

Der Verkäufer ließ nicht locker. »Was fällt Ihnen als ewig-wahren Höhepunkt der Uhrmacherkunst ein? Ich bin sicher, dass Sie…« Erneut nahm der Verkäufer die Rolle eines Lehrers ein, der einem etwas untalentierten Prüfling mit einem nicht ganz zulässigen Wink doch noch zu einem ›Bestanden‹ verhelfen möchte. Er hob die linke Hand etwas an, ballte die Finger zu einer lockeren Faust und drehte dieses Fingerknäul langsam nach rechts, dann nach links, dann nach rechts, dann nach links… Der Kunde schaute sich diese Pantomime ausdruckslos und wenig interessiert an. Aber der Verkäufer drehte seine Faust unverdrossen weiter, links herum, rechts herum, links herum, rechts herum …

Der Kunde wollte dieses Puppenspiel beenden und versuchte etwas. »Das Tourbillon vielleicht?«, fragte er hilflos, fast hoffnungslos, »diese … diese *Grande Complication* …« Hilflos war natürlich erneut auch die Aussprache: *Turbüllon … Grant Komplikazionn*.

»Bravo!«, lobte der Verkäufer, »ich würde nur – etwas präziser als Sie – formulieren, dass das Tourbillon – eigentlich müsste man sagen: der Tourbillon, aber nun ja – dass also das Tourbillon die ›*Plus Grande Complication de la Grande Complication*‹ ist, obwohl – Achtung: obwohl! – es eigentlich gar keine *Complication* ist. Verstehen Sie, was ich meine, warum ich hier kurz verbessernd eingreife?« Der Verkäufer hatte seine Zweifel, ob die mit Pariser Nonchalance vorgetragenen Komplikationen wirklich verstanden wurden, sie verliehen aber dem, was nun kommen sollte, eine gewisse erhabene Feierlichkeit. »Kommen wir noch einmal kurz zu *Maître* Breguet zurück. Das Tourbillon geht auch auf sein Konto. Wissen Sie, wozu er es erfunden hat?«

Der Kunde saß etwas in sich versunken da, versunken in seine Gedanken, aber auch in seinen eigenen Körper. Die Muskeln waren erschlafft, es fehlte an Körperspannung. Der Kunde war erschöpft, regelrecht ausgeschöpft. »Es dient der Ganggenauigkeit, soweit ich weiß«, antwortete er ohne großen Enthusiasmus, ohne jede Erregung, lediglich aus dem Wunsch heraus, dass die Fragerei ein Ende nehmen möge.

Aber dieser Wunsch blieb zunächst unerfüllt. »Ja, das ist richtig«, lobte der Verkäufer, »aber *warum* liefen die Uhren ohne Tourbillon denn nicht genau?«

›Bin ich hier in einer Uhrmacher-Prüfung oder was entwickelt sich da?‹, dachte der Kunde und bemühte sich, wieder mehr zu Kräften zu kommen. »Verehrter Herr Verkäufer, gerade war ich noch unter der *Brähgählottiene* und setzte mich bedrohlichen Gefahren aus und Sie kommen mit seltsamen Prüfungsfragen daher, die mir unter dem Fallbeil keine Unterstützung sind. Das ist nicht gerade … wie soll ich sagen … freundlich … oder … oder … kundenorientiert … oder … zeitgemäß.« Er erfreute sich an seinen scharfen Worten und zusammen mit seiner Verärgerung sorgte dies für eine etwas gesündere Hautfarbe.

»Nur die Ruhe!«, beschwichtigte der Verkäufer. »Nein, Sie sind nicht mein Prüfling, vielleicht mein Schüler, mein Lehrling. Aber Sie müssen hier gar nichts beantworten. Gerne antworte ich für Sie, bündig und in kürzester Zeit, aber die muss es schon dauern dürfen. Denn was nun folgt, ist ohnegleichen wichtig und eine Art Schlüssel für … nun … Sie werden sehen.«

Beruhigend wirkten die Worte des Verkäufers auf den Kunden nicht. Eher im Gegenteil: Dass er als Schüler und Lehrling bezeichnet wurde – und das in seinem Alter – empfand er als herabwürdigend. Er suchte nach einer passenden spitzen Bemerkung, doch so schnell fiel ihm nichts wirklich Spitzes ein. Der Verkäufer setzte, ohne Widerständen ausgesetzt zu sein, seine Rede mit sehr schnell, fast stakkatoartig vorgebrachten Worten fort.

»Im 18. und noch im 19. Jahrhundert baute man – neben den ganzen Kaminuhren und Turmuhren und so weiter und so weiter – fast ausschließlich Taschenuhren. Eine Taschenuhr trägt man, wie der Name schon sagt, in der Tasche, meist einer Weste oder eines Sakkos, sie steckt senkrecht darin, am oberen Ende befindet sich die Öse für die Kette, das untere Ende der Uhr zeigt die meiste … tja: Zeit … mehr oder weniger senkrecht nach unten.« Jetzt hielt der Verkäufer einen Moment inne und die folgenden Worte formulierte er sehr langsam, Wort für Wort, sehr langsam: »Und … da … unten, … mein … Herr, … was … ist … da?« Während er sprach senkte der Verkäufer seinen rechten Zeigefinger gemächlich, aber bestimmt nach unten und richtete ihn schließlich auf den dicken Samtboden. Das war eigentlich erneut ein nicht so ganz zulässiger Wink an den Schüler.

»Da unten…«, sagte der Kunde etwas ratlos, »da unten … da unten … ja, da ist …«

»… die Hölle, wollen Sie sagen, was?«, lachte der Verkäufer. »Nein, nicht die Hölle, naja, die vielleicht auch, aber nein, viel heftiger, aber auch viel schöner als die Hölle …«

›Muss ich mir das bieten lassen?‹, fragte sich der Kunde. ›Ich hätte nicht herkommen sollen … aber bin *ich* denn hierher *gekommen*?‹ Das seltsame Geschäft war einfach ganz unvermittelt *da*. Er war doch nicht *hierher* gegangen. Oder doch?

Der Verkäufer hielt einen Moment inne, beobachtete den Kunden, bemerkte sehr wohl dessen Ratlosigkeit, Unsicherheit und auch Angst und Sorge. Er wusste, dass es Zeit war, eine weitere Rolle in diesem uhrigen Drama zu spielen. Wären da nicht möglicherweise in die Irre führende Assoziationen, könnte man sagen, dass er nun in die Rolle eines Retters, eines Erlösers schlüpfte, eines Salvators im ›ZEITLOS für Einen Herrn‹. In einem feierlichen Ton führte er aus: »Da unten, mein Herr … hätten wir hier ein Orchester, dann müsste nun ein großer lauter Tusch ertönen, Posaunen, Trommelwirbel, Beckenschlag … da unten … ist die … *Schwerkraft*.«

Der Kunde hörte einige Sekunden lang auf zu atmen, starrte den Verkäufer mit großen Augen an und stieß die Luft dann mit einem leicht spöttischen Prusten aus. »Die *Schwerkraft*! Da sind wir aber ganz schön herumgewirbelt, von *Mähtrö Brägäh* zu *Marie-Antoynett* auf die *Brähgählottiene* und jetzt weiter zu Helmut Newtons Schwerkraft…«

Der Salvator lachte auf. »Richtig und falsch, mein Herr! ›Herumwirbeln‹ ist richtig, das steckt im Wort *tourbillon*. ›Newton‹ ist auch richtig. Aber … klitze-klitze-klitze-kleine Verbesserung, wenn ich darf …«, unversehens kam die Lehrer-Rolle noch einmal hervor, »… es war *Isaac* Newton, der das mit der Gravitation und Schwerkraft und so weiter herausgearbeitet hat. *Helmut* Newton ist etwas später, der hat viele nackte Frauen fotografiert. Hat zwar auch etwas mit Anziehungskraft zu tun, aber…«

17 Schwere Kräfte

Die Gesichtsfarbe des Kunden wurde rubiner, nun nicht innerem Ärger geschuldet, sondern einem Schock der Peinlichkeit, der wie schon einmal in diesem Raum einen Blutstrom zu Hals, Wangen und Stirn entsandt hatte. ›Wie stehe ich jetzt da‹, dachte er, ›das ist ja mit einem Hundehaufen unter meiner Schuhsohle gar nicht zu vergleichen!‹

»Muss Ihnen nicht peinlich sein«, beschwichtigte der Verkäufer, der die rötlichen Wallungen sogleich wahrgenommen hatte und rasch wieder in die Salvator-Rolle geschlüpft war, »passiert immer wieder mal. Was glauben Sie, von wem man mir schon erzählt hat? Von einem antiken Philosophen namens Aristoteles Onassis, vom Keksfabrikanten Gottfried-Wilhelm Leibniz oder von dem berühmt-berüchtigten Evangelisten Judas. Sowas passiert. Aber zurück zur Schwerkraft…«

Der Blutstrom im Kunden plätscherte allmählich wieder vom Kopf in die unteren Körperregionen, was bestens zum Thema ›Schwerkraft‹ passte.

Der Verkäufer rasselte nun gelehrtes Wissen herunter wie ein Showmaster, der dem Kandidaten und den Zuschauern unter heftigem Zeitdruck erklären muss, warum der Kandidat nur Null Punkte erhalten hat. »Die Schwerkraft unserer Mutter Erde ist heftig und kräftig, deshalb fällt alles runter, was man loslässt und wenn man Pech hat, ist es dann auch noch kaputt. Die gute Mutter ist regelrecht gierig. Alles, was sich dieser Gier nicht niet- und nagelfest widersetzt, reißt sie an sich. Tja, und dazu zählen auch Uhren und alles, was in ihnen ist, und also auch die Unruh. Die Schwerkraft lechzt nach ihr und dem, woraus sie gefertigt wurde, sie zieht und zerrt und zerrt und zieht

… Sekunde für Sekunde, Minute für Minute, Stunde für Stunde, Tag für Tag, Woche für Woche …«

»Ich hab's verstanden«, unterbrach der Kunde, dem es etwas besser ging. Auch die Lust auf trotzige Widerworte kehrte zurück.

»… Monat für Monat, Jahr für Jahr«, setzte der Verkäufer allerdings unbeirrt fort, »und dieses unablässige, erbarmungslose Zerren und Ziehen führt dazu, dass die Unruh in Unruhe gerät, dass es zu Unregelmäßigkeiten kommt, zu Störungen, zu absonderlichem Verhalten …« Der Verkäufer hielt kurz inne, holte tief Luft und setzte zum Finale an. »Und unsere ach so kräftige Mutter hat am Ende ganze Arbeit geleistet: Die – Uhr – geht – falsch.«

›Jetzt übertreibt er aber etwas‹, dachte der Kunde und sagte: »Naja, ein paar Sekunden pro Tag oder ein paar Minuten pro Woche, zwölf Minuten zum Beispiel, das ist nicht die Welt, also nicht das Ende der Welt.«

»Nein?«, fragte der Verkäufer etwas bohrend und jetzt ohne den milden Unterton eines nachsichtigen Salvators, »warum sind Sie denn hierhergekommen, wenn Sie eine solche Ansicht vertreten?«

Der Kunde schwieg. Diese Frage und auch der harsche Ton überraschten ihn, überrumpelten ihn geradezu und schleuderten ihn ein wenig aus der Welt. ›Warum bin ich hier? Wie bin ich hierher gekommen? Woher wusste ich von diesem Geschäft? Das sind gute Fragen, aber was soll ich darauf antworten? Werden jetzt Antworten erwartet?‹

»Wir werden uns gleich ein wenig bewegen, werden uns an einen anderen Ort hier im Geschäft begeben. Die Zeit scheint mir bald gekommen«, sagte der Verkäufer mit nun wieder ruhiger und versöhnlicher Stimme.

18 Drehende Käfige

»Aber kurz noch zurück zur Schwerkraft und zum Tourbillon. Das ist schon sehr, sehr wichtig und ich habe es nicht vergessen, auch wenn Sie das begrüßt hätten. Ich weiß.«

Der Verkäufer sah den Kunden mitleidig an. Er war ein sehr erfahrener Verkäufer und wusste, dass man an einem heiklen Punkt angelangt war. Er wusste aber auch, dass es kein Zurück mehr gab und dass der Kunde am Ende bekommen musste, wonach er sich so sehr gesehnt hatte.

»Also: Die Schwerkraft bremst die Zeit ab, verstehen Sie? Ich erwarte keine Antwort, keine Sorge. Und im Übrigen: Verstehen kann man das sowieso nicht, auch ich verstehe es nicht. Ein Auto kann man abbremsen, auch ein Fahrrad, aber die Zeit? Was da gebremst wird, wenn man es denn so ausdrücken möchte, ist schwer zu sagen. Aber da wollen wir uns hier und jetzt nicht auf Abwege begeben. Dafür ist auch später noch … Zeit.« Wieder ein kurzes, etwas schelmisches Lachen. »Also: Die Taschenuhr steckt in der Westentasche. Der werte Herr geht aus, mit Spazierstock und Zylinder und Taschenuhr. In der Weste. Da spaziert er durch die schönen Parkanlagen, schaut den jungen Fräulein nach und einiges mag in Bewegung kommen, nicht aber die Uhr. Die ruht in der mit Seide ausgeschlagenen Tasche der Weste. Ihre Unterseite zeigt die meiste, ja … Zeit nach unten. Und da unten ist die böse Mutter Schwerkraft und die bremst nun die Zeit ab. Nun ja, nicht die Zeit eigentlich – obwohl, wer will das wissen? Aber sie verändert eben die Unruh, das hatten wir ja eben schon, und die ist sozusagen das Herz der Zeit. Das wäre anders, wenn der werte Herr, der da den schönen Fräulein nachschaut, vor Freude alle zwölf Minuten einen Salto springt oder ein Rad schlägt oder vierzig Meter im Handstand geht. Aber das macht er nicht. Er doch nicht, in seinem Alter! Und das macht doch auch sonst niemand. Oder?«

»Nein, macht niemand. Habe ich auch noch nie gemacht. Ich kann gar keinen Handstand. Außerdem wäre die Uhr dann aus der Tasche herausgefallen und – knack: alles zersplittert, verbogen, zertrümmert, kaputt … *das* wäre wahrlich das Ende *der* Zeit, *aller* Zeit, *aller* Zeiten!« Der Kunde wollte die in seinen Ohren mehr und mehr unsinnige Unterhaltung oder Belehrung möglichst rasch beenden und hoffte, dies mit seinen zackig vorgetragenen Worten getan zu haben.

»Eben«, setzte der Verkäufer indes unbeirrt fort, »das ist das Schicksal einer Taschenuhr, die nicht im Besitz eines Zirkusakrobaten ist. Und dieser Schwerkraft, die nicht mit Radschlagen, Saltos und Handständen ausgetrickst wird, dieser Schwerkraft rückte Breguet mit dem Tourbillon zu Leibe.«

»Arme Schwerkraft!«, stöhnte und höhnte der Kunde, der wahrlich nichts mehr davon hören wollte. Aber der Verkäufer führte seinen Unterricht mit stoischer Gelassenheit zu Ende, jetzt wieder wie ein altmodischer, aber von sich und seinem Tun in sachlicher wie moralischer Hinsicht überzeugter Lehrer, dem, weil die Stunde fast schon geschlagen hat, kein Schüler mehr zuhören will und kaum einer es noch tut.

»Das Tourbillon sorgt nämlich dafür, dass sich die Unruh – meist einmal in der Minute – um sich selbst dreht. Verstehen Sie?« Der Verkäufer kramte in seinem Dozentenfundus nach Anschaulichkeit für seinen Schüler. Er formte mit den Händen eine Art Kugel in der Luft, nein, eher ein großes, dickes Ei. »Stellen Sie sich einen kleinen

Vogelkäfig vor. Breguet steckte die Unruh in solch eine Art Käfig, dem er die Fähigkeit verliehen hatte, sich zu drehen. Das tun Vogelvolieren natürlich normalerweise nicht. Oder haben Sie schon einmal im Tierpark eine sich drehende Vogelvoliere gesehen?«

Der Kunde wollte darauf antworten, doch der Verkäufer sprach rasch und bestimmt weiter.

»Mit diesem sich drehenden Käfig startet die Unruh unten, dreht sich nach links oben, ist oben, dreht sich nach rechts unten, ist wieder unten und dann geht alles wieder von Neuem los. Währenddessen oszilliert die Unruh in ihrem Inneren ohne Unterlass. Die Schwerkraft nun, diese böse Stiefmutter, zieht und zerrt zwar unbeirrt, gnaden- und erbarmungslos, aber sie zerrt nicht immer an derselben Stelle und so kann einmal dieser, ein andermal jener Teil der Unruh ein wenig durchatmen, das Gezerre verteilt sich einigermaßen gerecht und das dankt die Unruh … und am Ende die Uhr … und ganz am Ende die Welt – mit mehr Genauigkeit.«

Der Verkäufer richtete sich stolz auf, verschränkte die Arme vor der Brust, schüttelte seine Haare einmal kräftig durch und schaute den Kunden herausfordernd an. Doch dieser sagte nichts, nickte noch nicht einmal, um etwa ein wenig Anerkennung anzudeuten. Nichts. Er dachte lediglich: ›Bin ich etwa deswegen in diesen Laden gegangen? Oder hierhin zitiert worden?‹ Tatsächlich sprach er in seinen Gedanken jetzt etwas abfällig von einem ›Laden‹. ›Wegen solcher Vorträge? Solcher Belehrungen? Sich drehender Vogelvolieren?‹

Bevor er sich irgendeine Antwort geben konnte, ergriff der Verkäufer schon wieder das Wort. Nun war er erneut ein Salvator.

»Sie sind soweit vorbereitet, mit dem Nötigsten vertraut gemacht. Ich möchte Ihnen nun etwas ganz Besonderes zeigen. Ich erwähnte ja bereits, dass die drei Uhren, die Sie sich angesehen haben, die *Laurent & Sault*, die *Maurillot* und die *Son Céleste*, nur eine kleine bescheidene Auswahl aus unserem Bestand darstellen. Von der *Marie-Antoinette* habe ich Ihnen Bildfragmente geliefert – für Sie zum Zusammenbasteln in Ihrem Kopf. Wir haben aber noch mehr zu bieten und deshalb darf ich Sie bitten, mir zu unserem besonderen Raum zu folgen.«

19 Der letzte Gang

Der Verkäufer ging um den Stuhl, auf dem der Kunde saß, herum, ergriff die Lehne, wartete einen kleinen Augenblick, bis der Kunde sich etwas schwerfällig erhoben hatte, zog den Stuhl vorsichtig zurück, sodass der Kunde mehr Platz bekam, sich von der Tischkante zu lösen. Er stöhnte etwas, wobei man und vielleicht der Kunde selbst nicht genau sagen konnte, ob es ein Stöhnen aufgrund der vorangegangenen Unterrichtseinheiten war oder einer muskulären Verspannung oder einer Arthritis geschuldet oder ob es sich um ein Stöhnen handelte, das Menschen seines Alters gerne auch ohne ernsten Anlass von sich gaben, einfach nur, um ein wenig Empathie zu erhaschen, oder einfach nur, weil ihr Alter an sich Ansporn genug war zu stöhnen. »Folgen Sie mir«, sagte der Verkäufer und schritt zügig, aber nicht überhastet voran in einen hinteren Bereich des großen Verkaufsraums, der so gut wie gar nicht ausgeleuchtet war. Der Kunde war froh, den Verkäufer in Sichtweite vor sich zu haben. Unwillkürlich ließ er seinen Blick auf dem samtenen Bodenbelag hin und her schweifen, aber ein Grund für hochschießendes Blut war nicht zu entdecken. Verkäufer und Kunde liefen hintereinander her. ›Wir spazieren wohl schon eine Minute‹, dachte der Kunde, ›das ist ziemlich lang, wenn man bedenkt, bloß in einem Geschäft zu sein.‹ Ganz plötzlich, unvermittelt und unerwartet befand sich auf der Staffelei in seinem Kopf ein Skizzenblock, auf dem eine Unruh in einem vogelkäfigartigen Gehäuse mit schnellen Strichen festgehalten worden war. Um den Käfig herum einige versetzte Halbkreise, es mochten wohl zwölf gewesen sein, die die Dynamik von Drehungen verbildlichten – jeder Halbkreis eine Minute.

»Halt!«, sagte der Verkäufer, »wir sind da.« Sie standen vor einer großen Tür. Die Tür war verschlossen, es gab keinen Spalt, durch den man hätte schauen können. Anstelle einer Türklinke befand sich an dieser Tür ein recht dicker, massiver Drehknopf.

»Ich nehme an«, sagte der Kunde und hoffte, wieder etwas mehr Kontrolle zu erlangen, »dies ist der Tresorraum, von dem Sie sprachen.«

»Ja«, entgegnete der Verkäufer, »in gewisser Weise. Wir nennen ihn hier allerdings anders.«

»Aha, und wie, wenn ich fragen darf?« Der Kunde sammelte Kräfte und ließ in der Frage einen erneut etwas trotzigen Unterton mitschwingen.

»Zeitraum«, flüsterte der Verkäufer und beugte sich dabei leicht zum linken Ohr des Kunden vor.

»Wie?«

»Es ist ein Zeitraum.«

Der Kunde hatte verstanden und auch nicht verstanden. »Zeitraum?«

»Ein Zeitraum. Nicht nur *ein* Zeitraum. Es ist *Ihr* Zeitraum.«

Den Kunden verließen die neuen Kräfte wieder. Blut schoss nicht nach oben, sondern sickerte nach unten. Schwerkraft. Er wurde ziemlich blass.

»Jetzt ist *Ihre* Zeit für *diesen* Raum gekommen. Begeben Sie sich hinein.«

Der Kunde stand etwas schwankend vor der Tür mit dem Drehknopf. Die Tür machte den Eindruck, dass sie niemals auch nur einen Millimeter geöffnet werden könnte oder sich selbst öffnen würde. Fragend schaute der Kunde den Verkäufer an.

»Sie sehen den Drehknopf, nicht wahr?« Der Verkäufer war bemüht, dem Kunden auch jetzt noch eine Hilfe zu sein. »An Drehknöpfen dreht man, nicht wahr?«

Ein klein wenig Farbe kehrte in das Gesicht des Kunden zurück, als ob sein Blut sich wie ein Tourbillon verhalten hätte. ›Natürlich‹, dachte er, ›der Knopf sieht aus wie die Krone einer Uhr. Und an einer Krone dreht man, das stimmt wohl.‹ Die Schwerkraft hatte es immer schwerer mit dem Blut des Kunden. Er ging zum Drehknopf, nahm ihn in beide Hände, denn der Knopf war recht groß, wie ein Kürbis oder ein Kohlkopf. Er versuchte, den Knopf nach rechts zu drehen. Eingestellt hatte der Kunde sich auf großen Widerstand, aber den gab es nicht. Der Knopf ließ sich leicht drehen, nach rechts, aber auch nach links, vor und zurück, ganz nach Belieben. Die Tür blieb allerdings verschlossen. Mit fragender Miene suchte der Kunde Blickkontakt zum Verkäufer. Der reagierte sofort. »Drehen Sie weiter, schneller, aber nur in eine Richtung und zwar – Sie wissen ja, dass es hier um Uhren geht und Sie auf einen Zeitraum warten – im Uhrzeigersinn.«

Frisch ging der Kunde ans Werk. Er drehte den Knopf mit beiden Händen in die Richtung, die Zeiger für gewöhnlich einschlagen. Eine Umdrehung, noch eine und noch eine und noch eine, jetzt eine Hand unten, eine oben, die untere, linke, schiebt den Knopf hoch, die obere, rechte, zieht den Knopf herunter, so geht es schneller, schieben, ziehen, oben, rechts, unten, links, Drehung vollbracht, und wieder, ziehen, schieben, oben, rechts, unten, links, Drehung vollbracht und wieder …

»Schneller, schneller!«, rief der Verkäufer mit der Begeisterung eines 1000-Meter-Finale-Zuschauers, der für seinen Favoriten fiebert.

Der Kunde wollte seinen Fan keinesfalls enttäuschen und mühte sich redlich, das Tempo zu erhöhen, was ihm auch eine Zeit lang gelang. Als dann aber die Kräfte und die Konzentration nachzulassen drohten, geschah etwas Unerwartetes.

Der Knopf befand sich am Ende – oder Anfang, je nachdem – eines Gestänges, das noch ein klein wenig aus der Tür hervorragte. Dieses Gestänge wies ein Gewinde auf, wie man es auch Schrauben einwalzt. Nun war der Kunde heftig in Drehrage geraten, er schwitzte, stöhnte – jetzt übrigens mit Grund – und seine Achtsamkeit ging etwas verloren. Und da verfing sich der rechte Ärmel seines Cordsakkos in dem Gewinde. Es schien sich gewissermaßen zu rächen, dass der Kunde für den Besuch des Geschäfts – oder war es jetzt nur noch ein Laden? – nicht ganz feine und vor allem ungetragene Kleidung angelegt hatte, sondern in den schon in die Jahre gekommenen Cordanzug mit der etwas fransig gewordenen Sakkomanchette geschlüpft war. Fäden baumelten planlos umher, waren einmal der bösen Schwerkraft ausgesetzt, dann wieder kämpften sie gegen auch nicht gerade schwache Fliehkräfte an. Diesen orientierungslosen Fäden verhalf das gewindete Gestänge indes zu neuer Ordnung und verlieh ihnen eine ungeahnte Aufgabe. Und so betrachtet, war es vielleicht genau richtig gewesen, den betagten Cordanzug angelegt zu haben. Schicksal, Fügung, Eingebung. Die Fäden drehten sich um das Gestänge und wurden weiter in die Tür hineingezogen. Mit den Fäden wurde die Manschette gezogen. Mit der Manschette wurde der rechte Ärmel gezogen. Mit dem Ärmel wurden die rechte Hand und der rechte Arm gezogen. Mit dem Arm wurde die rechte Schulter gezogen. Mit der rechten Schulter wurde…

Der Kunde hatte zunächst erstaunt und ungläubig zugesehen, wie da ein Teil nach dem anderen von seiner Kleidung und von ihm selbst hinter dem Kronenknopf verschwand, eingezogen, eingedreht wurde, ohne dass er doch Schmerzen verspürte. Und es war ja noch dazu er selbst, der sich da hineindrehte, angefeuert vom Verkäufer. Schneller, schneller, schneller… Aber nun hakte es, die rechte Schulter war schon ein gutes Stück in der Tür und jetzt wären wohl Hals und Kopf dran. ›Hals über Kopf‹, schoss es dem Kunden in Letzteren. Als ob der Drehknopf plötzlich glühend heiß geworden wäre, ließ der Kunde seine linke Hand, die noch mit Drehungen beschäftigt war, zurückschnellen.

»Sie sind auf dem rechten Weg!«, rief der Verkäufer etwas in Sorge, »geben Sie jetzt nicht auf, haben Sie keine Angst vor diesem Zeitraum, der auf Sie wartet. Keine Angst! Keine Angst vor der Stundenrepetition! Keine Angst vor Breguet! Keine Angst vor dem Tourbillon! Keine Angst vor diesem Zeitraum! Es ist *Ihr* Zeitraum!«

20 Hinein

Jetzt geriet auf der Staffelei im Kopf des Kunden alles in heftigste Bewegung. Verloschene Skizzen erschienen wieder auf dem Zeichenpapier und lösten sich davon, drehten sich wie ein *Turbüllon*. Der Kopf Marie-Antoinettes verformte sich zu einem harten Repetitionshammer und klopfte gegen das Holz der Malstaffelei – KLACK-

KLOCK-KLUNCK. *Mähtrö Brähgäh* dirigierte ein Orchester von Uhrmachern – standesgemäß mit einem riesigen Minutenzeiger: Lagerrubin dorthin! Feder Zwei in Federhaus Eins! Wo ist die Kleine Sekunde? Ankerrad – Tusch! Deckplättchen – Trompet! Die Gangreserve! Die Gangreserve! Wie weit sind wir mit dem Anreibeversilbern? Ist die gestufte Brücke fertig? Sind die Ankerhörner schon bearbeitet? Von der Mischpalette löste sich das Highlight der *Maurillot*, diese retrograde Vulva mit ihren 31 Emailziffern. Ein strenger Richter lugte hinter einer Leinwand vor und rief: ›Verurteilt, verurteilt, verurteilt – ab unter die *Brähgählottiene*!‹

»Drehen Sie, mein Herr, um Himmels Willen, drehen Sie!« flehte der Verkäufer.

Der Kunde ergriff – ohne wirklich zu verstehen, was er tat und ob er das auch tatsächlich tun *wollte* – mit seiner verbliebenen linken Hand wieder den Drehknopf und setzte seinen Weg durch und in die Zeit fort. Er hatte ein Stück weit aufgegeben. *Was* er aufgegeben hatte, wusste er zwar nicht, aber er ließ den Dingen ihren Lauf. Das schien manches zu vereinfachen, nur zwei einhändige Drehungen genügten, um ›Hals über Kopf‹ mit eben diesen Körperteilen hinter der Krone zu verschwinden. Der Kunde hatte die Augen bei der kleinen Reise in den Zeitraum geschlossen. Er war doch etwas verängstigt. Wie mochte dieser Zeitraum aussehen? *Was* erwartete ihn dort? *Wer* wartete vielleicht dort? Denn es war ja nicht auszuschließen, dass sich im Zeitraum noch jemand aufhielt, der zum Beispiel die dort befindlichen Uhren präsentierte. Der Kunde dachte an den Tresorraum seiner Hausbank, wo es viele kleinere und größere Schließfächer gab, und um die zu öffnen, bedurfte es immer zweier Menschen. Der Kunde hier – der Bankangestellte da. Beide mussten schließen, beide mussten es wollen, sonst blieben alle Fächer verschlossen. Solche Gedanken gingen dem Kunden durch den Kopf und er bemerkte gar nicht, wie die linke Hälfte seines Körpers geradezu widerstandslos der rechten durch das Gestänge-Gewinde hindurch folgte.

›Wie komme ich jetzt wohl im Zeitraum an?‹, dachte er, ›doch mit rechtem Arm voran, dann folgen Kopf und Hals oder Hals und Kopf und die linke Körperhälfte … und dann? Dann falle ich kopfüber?‹

Auf der Staffelei tat sich blitzartig die Hinrichtung von Marie-Antoinette auf. Hals … Kopf … Hals über Kopf … Unter einem Glassturz lag die *Marie-Antoinette Numéro Cent Soixante*, das gewölbte Glas ließ die Zeiger, die Schräubchen, die Zahnrädchen, die Hämmerchen riesengroß erscheinen. Der Kunde blickte vor Angst starrhalsig auf das Räderwerkgewusel und plötzlich sauste der mörderische Rotor heran. Der Kunde stieß einen hellen Schrei aus, kniff die Augen zusammen, als ob man dadurch Katastrophen verhindern könnte. Und dann öffnete er die Augen wieder, langsam, blinzelnd, ängstlich: Keine Blutbäche auf dem Glassturz, kein abgehackter Kopf in diesem Zeitraum.

»Keine Sorge!« tönte es von irgendwoher. Es war die Stimme des Verkäufers, das erkannte der Kunde sofort. »Ich habe Sie gut vorbereitet und stehe Ihnen weiterhin zur Verfügung.«

Der Kunde spürte eine gewisse Erleichterung, riss die Augen weit auf, blickte nach links, rechts, oben, unten, aber da war niemand. ›Vielleicht sind hier Lautsprecher‹, dachte er, ›vielleicht ist auch eine Kamera hier drin und er sieht mich von draußen.‹ Er dachte wieder an seine Bank und den Tresorraum dort. Da gab es auch eine Kamera und irgendwer konnte stets beobachten, was sich im Inneren des Raumes tat.

›Jetzt also bin ich im Zeitraum‹, dachte der Kunde. Er schaute nach unten, hoffte, Boden unter den Füßen zu haben. Er musste doch gerade heruntergefallen sein. Er war ja durch dieses Gewinde hindurchgequetscht worden wie ein Stück Rinderfilet durch einen Fleischwolf. Hackfleisch fiel nach so einer Prozedur ja auch am anderen Ende des Fleischwolfs herunter. Schwerkraft. Aber er war nicht gefallen, er war auch nicht zu Hackfleisch geworden. Und es gab auch keinen Boden unter den Füßen. Gab es denn noch Füße? Er schaute an sich herunter, aber Füße konnte er nicht entdecken. Aber laufen konnte er schon. Oder? Gab es denn noch Arme, Hände, Finger? Er blickte nach rechts, nach links. Er hatte durchaus das Gefühl, Arme, Hände und Finger zu haben. ›Daumen rechts nach oben!‹, gab er sich einen Befehl und war der Meinung, dass der Daumen rechts diesem Befehl auch nachkam. Aber kontrollieren konnte er das nicht. Der Daumen samt Hand und Arm entzogen sich seiner Blickkontrolle genauso wie seine Füße, die er durchaus spürte, aber eben nicht sehen konnte. Eigentlich hätte dieser Kontrollverlust besorgniserregend sein müssen, er hätte den Kunden früher mit Angst durchflutet. Aber nun dachte er nur: ›Es ist erstaunlich, dass ich Füße, Hände, Finger nicht sehen kann, dass es augenscheinlich keinen Boden hier im Zeitraum gibt. Das ist schon überraschend.‹ Das dachte er. Ohne Angst. Ohne Furcht. Ohne Sorge. Er war einfach nur gespannt, wie es mit ihm wohl weitergehen würde.

21 Im Zeitraum

Einen Boden schien es im Zeitraum also nicht zu geben, sonst wäre er ja auf einen ebensolchen gefallen. Aber gab es vielleicht eine Decke, gab es Wände, links, rechts, vorne, hinten? Der Kunde versuchte, seine Arme, seine Hände, seine Finger weit nach außen zu strecken, zu dehnen und zu spreizen, um vielleicht irgendwo auf Widerstand zu stoßen. Arme, Hände und Finger schienen ihm zu gehorchen, aber auf Widerstände stießen sie nicht. Auch dann nicht, als er den Befehl erteilte, seine Fingerspitzen möchten doch bitte einmal nach einer Decke tasten. Die Finger taten ihr Bestes, aber sie ertasteten nichts. Erneut dachte der Kunde nur: ›Das ist schon überraschend.‹ Und auch jetzt: keine Panikattacken. Stattdessen durchzog den Kunden eine wohlige Wärme, ein Gefühl der Geborgenheit stellte sich ein, obwohl – oder weil? – es nichts gab, an das er sich hätte anlehnen, das ihm einen Halt hätte geben können. ›Wie im Weltraum‹, dachte er und Fernsehaufnahmen von echten Astronauten im echten Weltall kamen ihm in den Sinn, aber auch tricktechnisch erzeugte Szenen aus Science-Fiction-Filmen. Für die Astronauten gab es auch kein Oben und kein Unten, kein Rechts und kein Links mehr, zumindest solange sie sich nicht irgendwo festhalten, festschnallen und dadurch eine Orientierungsposition festlegen konnten. Und während Astronauten eben das zu tun in der Lage waren, solange sie nicht völlig frei und hilflos – schweren Kräften rotierender kosmischer Massen ausgesetzt – in die Unendlichkeit des Raumes abdrifteten, bestand für den Kunden keine Möglichkeit, sich irgendwo festzuhalten oder festzuschnallen. Denn er war weder in einer Bäckerei noch im Weltraum. Er war in einem Zeitraum.

»Wie geht es Ihnen?« Plötzlich diese Frage. Im Zeitraum. Der Kunde versuchte zu erforschen, woher diese Frage kam. Er hatte immer noch Vorstellungen von Oben, Unten, Links, Rechts, Vorne und Hinten im Kopf, aber das gab es ja alles nicht … im Zeitraum. Die Frage, in einem freundlichen, sanften Ton vorgetragen, konnte er räumlich nicht zuordnen, so sehr er sich auch bemühte. Diese Frage … ja … sie stand einfach im Raum. ›Wie diese Redensart‹, dachte der Kunde, erneut ohne jede Sorge vor irgendetwas. War es der Verkäufer, der die Frage gestellt hatte? Konnte er von außen in den Zeitraum hineinrufen? Oder war doch noch jemand anderes mit ihm zusammen im Zeitraum? ›Vielleicht dieser Herr Chronos?‹, kam ihm unvermittelt in den Sinn. Den hatte er einmal in einem Museum gesehen: Stattlicher, muskulöser Mann mit Vollbart und großen Flügeln am Rücken, in der einen Hand ein Stundenglas, in der anderen eine Sense. Der Kunde riss seine Augen weit auf, schaute nach links, nach rechts … Schnell aber korrigierte er seine Bemühungen und fuhr sich selbst an wie ein Ausbilder beim Militär: ›Links und rechts gibt es hier nicht! Oben und unten auch nicht!‹ Konnte er überhaupt etwas sehen? ›Kann ich sehen, wenn es keine Richtungen gibt, in die ich sehen könnte?‹ Die Frage klang harmlos, doch der Gedanke, darauf eine Antwort geben zu sollen, ließ den Kunden nun doch ein wenig erzittern. ›Diese Frage lasse ich nicht zu!‹ Das war ein wahres Machtwort. Der Richter hatte gesprochen. Die Anwälte mussten schweigen. Der Angeklagte konnte aufatmen. Die Frage löste sich auf. Diese Frage. Hatte sich die andere Frage »Wie geht es Ihnen?« auch aufgelöst? Oder stand sie noch im Raum? Könnte der werte Herr Richter vielleicht auch dazu etwas

… Aber nein, das ganze Gericht hatte sich schon zurückgezogen. »Mir geht es nicht schlecht!«, rief der Kunde. »Danke der Nachfrage. Aber sagen Sie, sind Sie das, der Herr Chronos mit der scharfen Sense, oder spricht da der Herr Verkäufer aus dem Geschäft ›ZEITLOS für Einen Herrn‹?« Eigentlich erwartete er keine Antwort auf seine Gegenfrage – und es kam auch keine. ›Kein Oben, kein Unten, kein Links, kein Rechts und also auch keine Antworten‹, dachte der Kunde, obschon ihm bewusst war, dass er jetzt bestimmte Kategorien etwas bunt vermischte. ›Keine Antworten, kein Vorne, kein Hinten, aber Fragen schon‹, dachte er, ›nun gut, nur manche Fragen sind zugelassen, andere wiederum nicht.‹ Wo mochte der Richter jetzt sein? Wie war der in den Zeitraum gekommen? Hatten sich Fäden seiner Robe im Drehknopf verfangen? Hatte der Richter den Zeitraum wieder verlassen? Konnte jeder diesen Raum wieder verlassen? Den Drehknopf statt nach rechts nach links drehen … gegen den Sinn der Zeit sozusagen? Gab es denn *im* Zeitraum auch einen Drehknopf? Der Ausbilder baute sich vor dem Kunden auf: ›Drehknöpfe, Rekrut, müssen irgendwo an Irgendwas befestigt sein, damit man sie drehen kann. Sehen Sie hier irgendwo ein Irgendwo oder ein Irgendwas, Rekrut? Hier gibt es kein Irgendwo und auch kein Irgendwas! Haben Sie das verstanden, Rekrut? Haben Sie das endlich kapiert, Rekrut?‹

»Jawoll!« schoss es aus dem Kunden. »Das habe ich jetzt kapiert. Jawoll!« Der Ausbilder stapfte davon. Kein Irgendwas, kein Irgendwo, kein Drehknopf, kein Richter, kein Ausbilder, kein Anwalt, kein Verkäufer, kein Chronos – es war bittereinsam um den Kunden geworden, hier in dem Zeitraum. ›Ich bin wohl ziemlich auf mich gestellt‹, dachte der Kunde. ›Aber vielleicht‹, ging es ihm durch den Kopf und das ließ ihn sogar ein wenig verschmitzt schmunzeln, ›vielleicht kann ich den Ausbilder wieder herlocken, wenn ich ein paar provozierende Dinge tue, denke oder sage. Das müsste doch eine Möglichkeit sein, wieder Gesellschaft zu bekommen, mit jemandem ein Gespräch zu führen.‹ Er dachte an seine Erlebnisse in Wartezimmern von Ärzten und an seine Strategie, mit anderen Wartenden eine Plauderei über den Unterschied zwischen Chronometer und Chronograph anzufangen. Der Kunde probierte es gleich einmal aus. »Kennt hier jemand den Unterschied zwischen einem Chronometer und einem Chronographen?«, rief er laut und fordernd und setzte noch beherzt nach: »Sie, Herr Chronos, dürfen bei diesem Spiel allerdings nicht mitmachen!« In einem Wartezimmer hätte er nun fragend von wartendem Patient zu wartender Patientin und so weiter geschaut und auf eine Reaktion gewartet. Aber das war hier im Zeitraum nicht so einfach, nein, es war nicht nur nicht einfach, es war unmöglich, denn zum einen wartete hier niemand und zum anderen gab es keine Richtungen, in die man Blicke hätte schweifen lassen können. Etwas enttäuscht dachte der Kunde: ›Vielleicht kommt aber doch gleich der Ausbilder und schreit mich wieder an. Zum Beispiel könnte er ja schreien: Rekrut, hier ist niemand! Rekrut, stellen Sie keine Fragen, auf die es keine Antwort geben wird! Rekrut, Sie sind in einem Zeitraum, nicht in einem Warteraum! Haben Sie das endlich kapiert, Rekrut?‹ Aber der Ausbilder kam nicht, schrie nicht und der Kunde hatte nicht den geringsten Anlass, demütig ›Jawoll, das habe ich jetzt kapiert, jawoll!‹ zu rufen. Und doch hatte er kapiert, dass er keine sinnlosen Fragen stellen sollte.

Dem Kunden gingen wieder Bilder von Astronauten durch den Kopf. Ohne Schwerkraft. Jedenfalls für einige Zeit ohne Schwerkraft. Irgendwo war natürlich immer Schwerkraft. Irgendwo zog immer irgendetwas an irgendetwas. Na? … kommt der Ausbilder? … vielleicht … doch … noch? Sehen Sie hier irgendwo ein Irgendwo oder ein Irgendwas, Rekrut? Nein, der Ausbilder kommt nicht. Aber eine Stimme ertönt, sie klingt wie die, die gerade eben noch gefragt hat ›Wie geht es Ihnen?‹. Jetzt fragt sie aber nicht, sondern fordert auf: »Malen Sie doch bitte weiter! Sie sollten die Arbeiten an Ihren Bildern wieder aufnehmen!« Der Kunde denkt sogleich an den Ausbilder und hütet sich, ›irgendwo‹ ›irgendetwas‹ zu suchen. Ja, das stimmt. Er hatte schöne Bilder begonnen, aber immer wieder hatte dieser … dieser … Verkäufer die Bilder aufgehalten, übermalt, zum Verblassen und Verschwinden gebracht. ›Na, dann wird es nicht dieser Kunstbanause sein, der mich jetzt neu motiviert‹, denkt der Kunde.

Gerade möchte er beginnen, darüber nachzusinnen, wer gesprochen hat, da saust doch mit einer unglaublichen Geschwindigkeit ein losgelöster Unruhring heran, der noch zwei Lagerzapfen im Schlepptau hat. ›Duck dich!‹ schreit der Ausbilder und der Kunde wundert sich, dass er plötzlich geduzt wird. Er ist aber viel zu schlecht ausgebildet, duckt sich zu spät – *zu spät!* – und die Lagerzapfen rauschen durch ihn hindurch, als wäre er Butter oder Margarine. Es tut nicht weh, gar nicht. Der Unruhring rotiert über seinen Kopf hinweg, erzeugt mit seinen Unruhschenkeln einen Wirbel, der des Kunden graue Haarpracht ein wenig anhebt. Doch damit nicht genug: Spirale und Spiralrolle samt Spiralklötzchen, Hebelstein und Rückerstiften umkreisen den Kopf des Kunden wie Monde einen Planeten. Der Kunde hat einen massigen Kopf – genauer gesagt: einen Kopf mit Masse –, der kräftig an den Monden zieht und zerrt und sie gerne schnell ganz bei und in sich hätte. »Palette her!«, schreit der Kunde. Der Maler in seinem Kopf wacht aus seinem Dämmerzustand wieder auf. Eine neue, frische Leinwand wird auf die Staffelei geknallt. Vier, fünf, sechs, sieben beherzte Halbkreisstriche in Dunkelgrün. Die Unruh oszilliert. »*Réglage*!«, ruft der Kunde – oder ist es der Maler? Selbst wenn es der Maler wäre – die Aussprache bleibt … gewöhnungsbedürftig: Es klingt wie *Rehgulasch* und erinnert eher an ein deftiges Waidmannsgericht als an *Ott Orloschrie*. Es spricht wohl doch der Kunde. Der Maler versteht aber, was mit *Rehgulasch* gemeint ist und pinselt keineswegs feine, braun angeröstete und mit Rotwein abgelöschte Wildbretstückchen, sondern portraitiert eine stolze Unruhfeder, deren äußere Windung durch zarte Stifte geführt wird, die man verschieben kann. Rechts schneller, links langsamer. Rekrut, gibt es hier irgendwo rechts, irgendwo links? Nein, jawoll! Aber der *Rehgulasch*, dieser Rücker funktioniert, er funktioniert!

Das spornt an zu neuen Taten. Von irgendwoher … Rekrut! … von nirgendwoher bahnt sich ein goldenes Federwerk einen Weg auf die Leinwand und die Feder träumt von zärtlicher Hemmung. All die vielen Räder stellen sich zum Reigentanz auf: Ankerrad, Kleinbodenrad, Sperrrad, Kronrad, Stundenrad, Minutenrad, Wechselrad. »In Reih' und Glied! Achtung!«, schreit nicht der Ausbilder, sondern die Unruhwelle. Da plötzlich lösen sich Töne aus Ölfarbklecksen, das Selbstschlagwerk tut, was es soll. Da braucht es keinen besonderen Knopf. Aber die Repetitionen brauchen ihn schon. Her mit der *Grande Sonnerie – Gront Sohnerieh* – ein Schlag pro Stunde, zwei pro Viertelstunde, einer für jede weitere Minute. Rekrut, gibt es hier Stunden? Gibt es hier Viertelstunden? Gibt es hier Minuten? Nein! Jawoll! ZEITLOS für Einen Herrn, schon vergessen? Also auch keine *Petite Sonnerie – Pötitt Sohnerieh*? Nicht einmal eine klitze-klitze-kleine *Pötitt Sohnerieh*? Keine Halbviertel- oder Siebeneinhalbminutenrepetition, keine Achtelrepetition? Keine Antwort.

Wie wäre es mit einem Carillon in eigener Kadratur? Wer sagt das? Hallo? Hallo?

Von nirgendwoher – Bravo, Rekrut! – strömen Lagerrubine heran, blutrot, kugeln im Zeitraum herum, schießen von lin… – Obacht, Rekrut! – schießen, schießen, schießen, treffen, durchstoßen, rein und raus, tick und tack. Begleitend quirlen sich glänzende Zapfen der Räderwerkswellen durch den Raum, verharren vor den Augen des Kunden und suchen nach einem Weg hinein. Den finden sie auch. Auf der Leinwand wird es voller und bunter. Inzwischen hat tatsächlich ein Carillon – *Kahrijonn* – dort Platz gefunden und spielt allerschönste Harmonien. Die Töne sausen umeinander und formen sich zu einer mächtigen *Rattrapante*. Aber diese – es wird immer übler! – *Rattertante* misst keine Sekunden, weil es ja keine … Bravo, Rekrut! Diese *Rattertante* dreht sich in den Kunden hinein wie eine neue Wirbelsäule und sorgt für wohliges Zucken. Dies überträgt sich auf die Pinsel, die der Unruh neue Kraft verleihen. Das stärkt den Kunden ungemein und freudig öffnet er sich seinem Raum. Wen sieht er da? Den Herrn Chronos? Nein! Das ist doch *Mähtrö Brägäh*, wie er sich über Gangreserve und Ewigem Kalender den Kopf zerbricht. Und wenig später ist er selbigen gar los, denn von nirgendwoher donnert eine gewaltige Pendelschwungmasse heran, sie pendelt nach rech… – Obacht, Rekrut! – sie pendelt und pinselt und schwingt und schwankt. Der *Mähtrö* hat den Kopf nach vorn gebeugt, den Hals gestreckt, Kopf über Hals, er hat nur schöne Augen für die Schräubchen und Federchen und Steinchen und Rädchen und Zeigerchen und … rumms! zersäbelt das schneidige Pendel das sehnige Hälschen. Wo ist der Glassturz? Um Himmels Willen! Der Glassturz! Aber nötig ist der Glassturz nicht, denn aus dem Hälschen kommt kein Tröpfchen Blut, nicht ein einziges. Das ermuntert *Marie-Antoynett*, den Kopf von *Mähtrö Brägäh* in die Höhe zu heben. Sie schaut ihn an und da verwandelt sich der Kopf in die Mutter aller Uhren und Königin *Marie-Antoynett* blickt in ihr retrogradcs Spiegelbild. »Meine *Marie-Antoinette*!«, ruft sie entzückt. Die Leinwand ist voll, es muss übermalt werden. Rasch. Die *Rattertante* gibt ihr Bestes und versucht sich an einer Ewigen Mondphase, überpinselt den Anlauf aber, als sie den Ausbilder wütend heranstürmen sieht. Jammerschade. Und auch jammerschade, dass hier weder ein Ewiger Kalender mit, noch ein Halbewiger Kalender ohne Schaltjahrfunktion willkommen geheißen werden. Was für ein Zeitraum! Wo ist eigentlich der Kunde? Es gibt kein Wo, es gibt kein Da. Schon vergessen? Kräftig Weiß aufspachteln, das schafft Raum. Der Carillon ist noch zur Hälfte zu sehen, immerhin. Ein paar halbe Tonleitern schieben sich ineinander wie auf einem Feuerwehrauto. Es brennt aber nicht. Nicht auf der Leinwand, nicht im Zeitraum. Noch nicht einmal warm ist es. Aber auch nicht kalt wie im Weltraum. Wohltemperiert, könnte man sagen. Es grüßt Johann Sebastian Bach. Der stirbt, als *Mähtrö Brägäh* gerade einmal dreieinhalb Jahre alt ist – ungefähr. Musiziert man ihm Bach vor? Noch interessanter zu wissen: Womit spielt der kleine *Mähtrö*? Mit der Tonfeder? Ein wohltemperierter Bach im Carillon der *Marie-Antoynett*. Nun, jetzt geht einiges durcheinander.

Darf man im Zeitraum von Reserven sprechen? Wo ist der Ausbilder? Gibt es noch den Verkäufer? Wie schön wäre jetzt so eine Stehhilfe. Die *Rattertante* ist doch nicht gar so bequem da hinten im Rückgrat. Das zwickt. Das gibt sich! Wer hat das gesagt?

Nirgendwie macht sich immer mehr Unruhe im Zeitraum breit. Alles ist in hektischer Bewegung. Alles stößt an, stößt ab, drückt, schiebt, dreht, hemmt, gibt frei, hält fest, lässt los. Wo ist der Dirigent? ›Wo‹ ist nicht zugelassen! Der Dirigent! Da … ›Da‹ ist nicht zugelassen! Die Unruhwelle schwankt. Es zieht, es zerrt, es drückt, es schiebt. Der Zeitraum ist ein Federhaus. Geworden? Nur eines? Was würde man sehen, wenn man nach rechts blicken, nach links blicken, nach oben blicken, nach unten blicken *könnte*? Federn über Federn über Federn, eine gespannter als die andere, die eine in diesem, die andere in jenem Haus, eine dritte in einem noch anderen Haus? Wäre das so? So viele Federn, so viele Häuser? Der Zeitraum ist kein Federhaus, er ist eine einzige wabernde Unruh. Das provoziert. Getriebeketten schwirren heran und bringen Sekunden-, Minuten- und Kleinbodenräder als Waffen mit. Kraftvolle Waffen. Endlich der Dirigent. *Mährtrö Brägäh.* Jetzt kommt alles in Ordnung. Aber geht das ohne ›hier‹ und ›da‹, ohne ›vorne‹, ›oben‹, ›drunter‹ und ›drüber‹? Ein *Mährtrö* schafft das. Kleinbodenrad, Kugelwelle, Sekundenrad, Anker, Hemmrad, Platine, Drehgestell. Alles wabert, aber es wabert auf- und ineinander. Die *Rattertante* im Rücken bekommt Entlastung. Besser als mit einer Stehhilfe. Viel besser. Und viel leichter. Obwohl Dutzende von massiven Rädern, Schrauben, Rubinen, Zahnrädern, Ringen, Federn, nun von allen Seiten … O-o-obacht! … nun von nirgendwo heranschweben, aufeinanderstoßen, sich drehen, winden, sich erproben, sich lösen, sich neu formen und finden, ist all dies doch ganz leicht und löst sich – *Mährtrö Brägäh* sei's gedankt – in den Zeitraum hinein auf, wird zum Zeitraum selbst. Auch die Rückenschmerzen lösen sich auf wie diese vielen mechanischen Teile, die eben noch durch den Körper des Kunden hindurchgeflogen sind, ihn jetzt umkreisen, sich erschöpft auf ihm niederlassen und mit ihm Eins werden. Kein Oben, kein Unten, Kein Rechts, kein Links, Kein Außen, kein Innen. Aber Drehungen in nirgendwelche

Richtungen. Der Maler tunkt einen zarten, feinen Pinsel in ein Töpfchen mit roter Farbe. Beherzte Striche, klare Linien, feine Stangen.

»Bin ich in einem *Turbüllon*?« fragt der Kunde begeistert. »Bin ich tatsächlich in einem *Turbüllon*?«

»Nein«, antwortet jemand, »Sie sind nicht *in* einem Tourbillon, Sie…«

Die Stimme verstummt. Warum? Kommt da noch etwas? Das ist doch keine Antwort. Die Staffelei wackelt ein wenig, ein Tröpfchen Rot rutscht nach unten, der Pinsel zittert leicht.

Nicht aus Angst, nein, Angst ist es nicht. Es ist nur die Schwerkraft.

22 Nicht das Ende der Geschichte

Der Verkäufer stand vor dem Zeitraum, schaute noch eine Weile auf den Drehknopf, reckte und streckte sich und ging langsam den Weg zurück, den er zuvor mit dem Kunden genommen hatte. Ein Glastisch links, ein Glastisch rechts, ein Glastisch links, ein Glastisch rechts. Stehhilfen hier, Stehhilfen dort. Der Verkäufer kannte den Weg, er hatte ihn schon viele Male in die eine und in die andere Richtung zurückgelegt. Schließlich erreichte er den Tisch, an dem er noch vor wenigen Minuten mit dem Kunden seine Verkaufsgespräche geführt hatte. Nun war er allein und konnte sich auf den edlen Stuhl setzen. Auf dem Glastisch lagen noch die *Laurent & Sault*, die *Maurillot* und die *Son Céleste*. Ganz geduldig lagen sie da. Natürlich liefen alle noch, es gab genug Gangreserven.

Der Verkäufer zückte von irgendwoher – fast wie ein Zauberer, ein Illusionist – ein Blatt Papier hervor. Wäre der Kunde noch in der Nähe gewesen, hätte ihn dies zweifellos daran erinnert, wie der Verkäufer eine ganze Weile zuvor die dunklen Samtdeckchen für die Uhren herbeigezaubert hatte. Das Blatt legte der Verkäufer mit viel Sorgfalt auf den Glastisch und richtete es so aus, dass es unten bündig mit der Kante des Tisches abschloss. Die drei Uhren schob er hinter das obere Ende des Papierblattes und zupfte ein wenig hier, ein wenig dort an den Samtdeckchen, bis zwischen der *Laurent & Sault*, der *Maurillot* und der *Son Céleste* genau gleich große Zwischenräume eingerichtet waren. Die *Son Céleste* lag ja noch recht unbequem bäuchlings auf dem Leinen der Bettstatt. Behutsam drehte der Verkäufer sie um, sodass alle Uhren wieder entspannt mit dem Gesicht nach oben in ihren Liegestühlen ruhten.

Der Verkäufer holte tief Luft, rückte seinen Oberkörper ordentlich zurecht und holte einen altmodisch aussehenden Füllfederhalter aus seinem Jackett. Er schraubte die Schutzkappe ab, nahm das Schreibwerkzeug in die rechte Hand, warf einen Blick auf die *Maurillot* und begann, Worte und Ziffern auf das Papier zu schreiben. Er fing oben links an und arbeitete sich, augenscheinlich einem Muster folgend, nach unten durch. Das dauerte eine ganze Weile. Schließlich schraubte er die Kappe wieder auf den Füllfederhalter auf und wollte ihn zurück in seine Jacketttasche stecken. Plötzlich hielt er inne, schaute auf das Blatt Papier, schaute auf die *Maurillot*, schaute auf die *Laurent & Sault*, schaute auf die *Son Céleste*, schaute wieder auf das Blatt Papier. Mit etwas Unmut schraubte er die Kappe des Federhalters erneut ab, strich im oberen Bereich des Blattes etwas durch und fügte etwas anderes hinzu.

Der Verkäufer wartete eine Zeit lang, bis die Tinte getrocknet war, nahm das Blatt vom Glastisch, stand auf und ging in einen Bereich des Geschäfts, den Kunden nicht zu sehen bekamen. Dort gab es viele offene und sehr tiefe Regalschränke. Der Verkäufer legte das Blatt Papier nach einem kleinen Moment des Zögerns auf eines der zahlreichen Regalbretter, wo sich bereits Unmengen weiterer Papiere befanden.

Dann drehte er sich um und schritt geradezu würdevoll zum Eingangsportal des Geschäfts. Er strich Anzughose und Jackett glatt und ergriff mit fester Hand die Klinke der Tür. Sein Blick fiel stolz auf den schwer verständlichen Namen des Geschäfts, der von innen betrachtet – weil spiegelverkehrt – noch rätselhafter erschien. Mit einem Ruck öffnete er die Tür.

»Treten Sie ein! Ich glaube, Sie mögen Uhren. Das trifft es, oder? Ich spüre das. Sonst wären Sie nicht hier.«

DAS LABYRINTH

»Na, dann erzählen Sie mal von Ihren neuen Träumen … von diesen Albträumen… Sie sagten, Sie träumen von einem Labyrinth?« Der Therapeut lehnte sich mit einem gewissen Vergnügen zurück an die Lehne eines großen, schweren Sessels, wie man es in einem etwas plüschigen Varieté-Theater tun würde. Er wartete auf etwas Vergnügliches, wieder einmal. Denn der Patient war ein guter, alter Bekannter, er kam oft in die Praxis. In gar nicht geringem Maße sorgte auch er für das Auskommen und zuweilen extravagante Leben des Therapeuten. »Nur zu, ich bin gespannt! Ich interessiere mich übrigens sehr für Labyrinthe, habe sogar ein dickes Buch, einen Bildband, darüber.«

›Soso, da schau her, der Schlaumeier hat ein Buch über Labyrinthe‹, dachte der Patient, sagte aber: »Ja, ich träume jetzt immer wieder von einem Labyrinth, in dem ich mich nicht zurechtfinde, weil…«

»Sie meinen, aus dem Sie nicht mehr *herausfinden*, nicht? Das haben Labyrinthe freilich so an sich, man soll eigentlich nicht herauskommen oder nicht hineinfinden oder nicht ins Zentrum kommen. Das ist nichts Schlimmes. Sie machen sozusagen alles richtig.« Der Therapeut lächelte in sich hinein und versuchte, wie immer, nach außen witzig zu wirken. Nach dem Motto: ›Lieber Patient, bei mir ist gut sein!‹ Jetzt dachte er aber noch: ›Wollen wir doch einmal sehen, wohin ich dich heute entführen kann…‹

»Ich weiß nicht«, sagte der Patient. »Ich bin schon sehr verzweifelt in diesem Labyrinth. Und das soll richtig sein? Ich meine…«

»Fangen wir doch mal so an: Warum *sind* Sie überhaupt in diesem Labyrinth? Warum begeben Sie sich denn in so einen ›Garten der Verzweiflung‹?«

Der Patient blickte auf seine Hände, die auf seinen Knien ruhten. Er schaute hoch zum Therapeuten, sah kurz dessen schmunzelnde Miene, die wohl aufmunternd wirken sollte, dann glitt sein Blick – wie schon so oft – zum Fenster, vor dem sich – im Rauminneren wohlgemerkt – eine Katze aus schwarz-weißem Stein, wahrscheinlich war es harter Marmor, auf einem schmalen Sims räkelte. Das sah aus, als ob ein Videofilm über Haustiere plötzlich angehalten worden wäre. Die Zeit stand still. Schnell löste der Patient seinen Blick und schaute wieder auf seine Hände.

»Freiwillig bin ich nicht in dem Labyrinth«, sagte der Patient nach einer Weile. »Aber warum, tja, das weiß ich nicht…«

»Hmmm. Wie sieht das Labyrinth in Ihren Träumen denn aus? Ist es immer dasselbe oder wechselt es von Traum zu Traum?«

»Ich glaube, es ist immer dasselbe. Es ist sehr hell darin, es hat hohe Wände, über die man nicht drüberschauen kann.«

»Ah ja, und gibt es denn viele Gänge?« Der Therapeut verließ sich auf seine oft erprobte Strategie: Fragen, fragen, fragen. Und sollte der Patient antworten, dann stellte er flugs neue Fragen zu den Antworten. Und so fort.

Der Patient blickte kurz zur marmornen Katze, um etwas Zeit zu gewinnen, die Zeit ein wenig anzuhalten. Dann drehte er leicht den Kopf nach rechts. Zunächst kam ein dunkles Holzregal mit vielen schweren Buchbänden in Sicht, dann ein kleiner Beistelltisch, auf dem ein Glas stand, in dem sich scheinbar etwas Weißwein befand, daneben – und das war neu – eine Vase mit vier Blumen. Der Patient überlegte, ob es natürliche Blumen waren oder künstliche, wenn künstliche, dann kein billiges Plastik, vielleicht Stoff, Seide gar, sehr naturgetreu hergerichtet, pflegeleicht, dennoch ein Staubfänger, gelegentliche Entstaubung wäre nötig, durch den Therapeuten selbst oder durch seine Frau, wenn es denn eine gab, oder durch eine Putzhilfe, wenn es denn eine gab, oder durch Kinder, womöglich besorgte Kinder, die nach dem Rechten sahen (›Papi geht nicht ans Telefon!‹), wenn es denn Kinder gab, vielleicht waren es aber auch Naturblumen, erst gestern gekauft, vielleicht an einer Tankstelle, weil es Sonntag war und die Blumenläden geschlossen hatten, vom Therapeuten vielleicht selbst gekauft, ein Spontankauf nach dem Tanken, vielleicht auch von seiner Frau, wenn es denn …

›Mein Gott, wie wenig ich eigentlich weiß über das Umfeld des Herrn dort im großen, schweren Fauteuil‹, dachte der Patient und ein wenig Ängstlichkeit machte sich in seinem Körper breit, die aber in einen, ja man muss es sagen, orgasmusartigen Schauder überging. Nicht unangenehm, wahrlich nicht.

»Was meinen Sie? Gibt es viele Gänge? Ist es ein großes Labyrinth?« Der Therapeut klatschte einmal laut in die Hände.

Der Patient löste etwas verärgert den Blick von den Blumen und schaute den Therapeuten an.

»Wie ich gerade schon sagte, kann man über die Wände der Gänge nicht drüberschauen, also kann ich ja nicht wissen, ob es *viele* Gänge sind, und ich kann auch nicht wissen, ob es ein *großes* Labyrinth ist. Mir fehlt, wie man so schön sagt, der *Über-Blick*. Und sagen Sie mal: Ist da Weißwein im Glas da vorne? Es ist doch noch nicht einmal Mittag.«

Der Therapeut beugte sich ruckartig nach vorn, gab die bequeme Haltung eines Varieté-Besuchers auf und war erstaunt über den plötzlichen Tonwechsel. So etwas liebte er nicht.

Auch der Patient war erstaunt, über sich selbst. Es war still im Raum. Die marmorne Katze hielt die Zeit an. ›Ruhe in Raum und Zeit‹, dachte der Patient, ›Albert Einstein zum Gedenken!‹ Er blickte wieder zu den vier Blumen und nahm seine Gedanken auf, die durch den Therapeuten unterbrochen worden waren. Naturblumen, gekauft an einer Tankstelle, oder aber doch gekauft in einem Blumenladen einen Tag vor Sonntag oder zwei Tage vor Sonntag, also am Freitag, dann aber sehr frische Blumen, Tulpen. Waren es Tulpen? Oder Glockenblumen oder japanische Magnolien? Nein, sie sehen deutlich wie europäische Tulpen aus. ›Tulpen aus Amsterdam‹, sagt man ja so, singt man ja so. Vielleicht kamen sie tatsächlich aus Amsterdam, ein weiter Weg, in einem Kühlwagen, gut gewässert, mit Nährstoffpulver versorgt, auf einem Großmarkt ausgepackt, in Hunderterbündeln versteigert, weitertransportiert, gut gewässert, gekühlt, mit Nährstoffen am Leben gehalten, zu einem Blumenladen gebracht (oder zu einer Tankstelle), umgepackt von einem großen in einen kleineren Nährstoffbehälter, ausgestellt in einem Schaufenster eines Blumenladens oder vor einem Tankstelleneingang neben einer ziemlich großen Tiefkühltruhe mit Crushed Ice, zehn Kästen Bier und zwanzig Dosen Motoröl, dann zu viert verkauft an einen Therapeuten oder dessen Frau (wenn es denn …). Und wenn es doch Kunstblumen waren?

»Das haben Sie schön gesagt, Ihnen fehlt der *Über-Blick*.« Der Therapeut durchschlug die Einstein'sche Stille. »Über-Blick: Blick über etwas, nicht wahr? Das fehlt Ihnen. Sie können nicht ›über etwas blicken‹. Ihnen fehlt

Höhe, sozusagen. In der Höhe hat man den Überblick. Aus der Höhe kann man nach unten schauen und alles sehen, naja, nicht alles natürlich, aber Sie wissen, was ich meine, nicht wahr?« Der Therapeut war bemüht, die etwas gestörte Weltordnung wieder zurechtzurücken.

Der Patient dachte: ›Ich weiß, was du meinst, und gleich wirst du meine Höhenflüge erleben, wirst schon sehen, was für *Über-Blicke* ich habe, du Saufnase, wenn ich von oben mit der marmornen Katze treffsicher auf deine blankpolierte Glatze dresche und dich ins Reich der Labyrinthe schicke, aus dem es kein Entkommen gibt, wo die Wände der Gänge so hoch sind, dass man nicht drüberschauen kann und nicht weiß, wo man sich befindet, wie groß das Ganze ist, wohin es eigentlich gehen soll, wie viele Gänge man noch durchlaufen muss, bis man … bis man … bis man … was? Etwas aufgehübscht wird das Ganze mit roten Spritzern, die aus deiner blankpolierten Glatze schießen.‹

Der Patient war erneut über sich erstaunt und er erfreute sich an diesem neuen Selbstgefühl. Dann kam ihm ein Gedanke, der ihn regelrecht mit Stolz erfüllte: ›Die roten Spritzerchen werden sich gut machen in dem Labyrinth, die fügen sich zusammen zu deinem roten Faden durchs Leben.‹

»Also sollten wir doch daran arbeiten, mehr *Über-Blick* zu bekommen, was meinen Sie?«, fragte der Therapeut in einem aufmunternden Tonfall und darum bemüht, den Rollen in ihrem Spiel – der Rolle des Patienten zuallererst – wieder die altbekannten und altbewährten Grenzen einzuschreiben.

Der Patient nahm allerdings seine Überlegungen zu den Kunstblumen auf. Welchen langen Weg hatten sie hinter sich, *wenn* es denn Kunstblumen waren. Was man nicht sicher sagen konnte. Zwischen den Blumen und dem Patienten lag eine Strecke von etwa fünf Metern, vielleicht etwas weniger, mehr sicher nicht, und das Licht im Raum war nicht besonders hell, eigentlich gab es nur ein wenig Tageslicht, das an der marmornen Katze vorbeischien und auf die vier Blumen traf. Licht brauchte ja Zeit, für fünf Meter nicht allzu viel Zeit, aber doch Zeit. Einstein. Aber die Zeit des Lichts spielte jetzt eigentlich keine Rolle, mehr die Helligkeit des Lichts und die Sehschärfe des Patienten auf etwa fünf Meter. Diese war etwas beeinträchtigt, nicht viel, aber doch ein wenig, sodass – alles zusammengenommen – es nicht ganz einfach war zu entscheiden, ob die Blumen Naturblumen aus Amsterdam oder Kunstblumen aus … ja, woher? Aus Japan vielleicht. Oder aus China. Oder aus einem anderen fernöstlichen Land. Dort von armen Frauen oder Kindern aus Seidenstoff gefertigt, zu Tausenden in Kisten verpackt, die Kisten in Container verladen, auf riesengroßen Schiffen um die halbe Welt geschickt, im Hamburger Hafen entladen, mit Güterzügen weitertransportiert, die Kisten aus den Containern wieder ausgeladen, geöffnet, die Seidenblumen ausgepackt, an Lieferanten übergeben, in Läden verteilt, ausgestellt, von einem Therapeuten für ein Vielfaches dessen gekauft, was die armen Hersteller der Blumen in ihren fernöstlichen Ländern bezahlt bekamen, oder von seiner Frau gekauft, wenn es denn …, aber das hatten wir schon. Und überhaupt: *Wenn* es Kunstblumen waren, vielleicht waren es ja doch echte, natürliche Blumen aus Amster…

»Wo sind Sie gerade mit Ihren Gedanken? Ich habe den Eindruck, Sie schwirren so etwas umher…« Der Therapeut klatschte erneut in die Hände und war bemüht, den Patienten wieder zu erreichen. Das schien ihm mehr als sonst nötig zu sein, wobei er mehr das eigene als das Wohl des Patienten im Sinn hatte.

Der Patient dachte: ›Ja, warte nur ab, ich schwirre tatsächlich umher, hoch und höher, habe einen prima *Über-Blick* auf deine blankpolierte Glatze ...‹ Aber er sagte: »Ja, ich war etwas weg. Ja, wo waren wir denn? Im Labyrinth, nicht wahr. Ja, ich kenne die Größe *nicht*. Ich weiß *nicht*, wie viele Gänge es gibt. Ich weiß auch nicht, *warum* ich dort bin.«

»Wie kommen wir denn weiter? Brauchen Sie eine Pause? Möchten Sie etwas trinken? Greifen Sie gerne zu dem Glas da vorne, es ist natürlich kein Wein darin, wenn Sie das gedacht haben. Und ich habe auch noch nicht davon getrunken. Also, wenn Sie mögen, nehmen Sie gerne einen Schluck.« Der Therapeut gab sich bemüht, suggerierte, dass Therapeut und Patient als Team agieren sollten, das gemeinsam ein Problem zu lösen hatte. Aber es war nicht unbedingt das Problem des Patienten.

D er Patient löste hingegen nur seinen Blick von der Vase mit den vier Blumen, schielte kurz zur Marmor-Katze, die natürlich nichts Neues zu bieten hatte, schlug sodann die Augen nieder und betrachtete seine Hände, die auf seinen Knien ruhten. ›Die Fingernägel müssten bald einmal wieder geschnitten werden‹, schoss es ihm durch den Kopf. Aber sie hatten noch nicht die Länge sozialer Peinlichkeit. Viel Schmutz war auch nicht zu sehen, eigentlich nur am Zeigefinger der linken Hand und auch nicht viel, und wenn man nicht bewusst und länger auf den Finger schaute, sah man wahrscheinlich gar nicht, dass es dort ein wenig dunkel zuging, und angesichts der schummrigen Beleuchtung im Therapieraum war gar nicht damit zu rechnen, dass jemand diese kleinen Partikel unter dem Nagel wahrnahm. Und wer auch schon?

Nur der Therapeut war noch da, neben ihm, dem Patienten. Weitere Zeugen gab es nicht. Nur die Katze aus Marmor, die aber eine andere Rolle spielte als die einer Zeugin, zunächst einmal jedenfalls. Und der Therapeut blickte gerade etwas angestrengt an die Decke und hatte die Augen geschlossen. Also: Entwarnung. Nur die Ruhe!

»Wissen Sie was?«, fragte der Therapeut mit geschlossenen Augen und leitete damit aber gar keine echte Frage ein. »Wie gerne würde ich mit Ihnen zusammen einmal Ihr Traum-Labyrinth besuchen! Was meinen Sie? Zu zweit ist doch alles einfacher. Zu zweit findet man schneller Wege, Umwege, Auswege. Was meinen Sie? Ob ich mal mitgehen dürfte in Ihr Labyrinth?«

Der Patient krümmte den linken Zeigefinger, blickte den Therapeuten an, nickte leicht, erst ganz, ganz leicht, dann ein wenig deutlicher, dann zweimal mit Nachdruck. So nickten Menschen, denen man ein ungewöhnliches Angebot macht, das diese zunächst gar nicht annehmen wollen, weil es so ungewöhnlich ist, aber doch aus Sorge, einen Fehler zu machen, nicht rundweg ablehnen, sondern erst einmal ganz, ganz leicht nicken, um Zeit zu gewinnen, etwas nachdenken, dann, um das Gegenüber bei Laune zu halten, etwas deutlicher nicken, weiter nachdenken, und dann schließlich mit Nachdruck nicken: Einverstanden! D'accord! Deal!

»Natürlich können Sie einmal mit mir in mein Labyrinth kommen!«, sagte der Patient und wendete seinen Blick vom Therapeuten ab und der Marmor-Katze zu. Und er dachte: ›Und wenn du jetzt gleich fragst, wie du denn in mein Labyrinth kommen kannst, dann habe ich darauf eine ziemlich marmorne Antwort.‹

Eine gewisse Zeit lang herrschte Albert Einsteins ›Ruhe in Raum und Zeit‹. Schließlich holte der Therapeut tief Luft und fragte: »Prima, was glauben Sie, wie ich denn in

Ihr Labyrinth kommen kann?« Er atmete lange aus und nahm in seinem Sessel wieder die bequeme Haltung eines Varieté-Besuchers ein.

»**D**as ist nicht so schwer, wie Sie vielleicht denken«, sagte der Patient mit einer gewissen inneren Freude. »Ich will mir nur kurz einen *Über-Blick* verschaffen, ein bisschen herumschwirren, wie Sie eben sagten. Machen Sie es sich bequem. Entspannen Sie sich, das ist wichtig, um gut in das Labyrinth reinzukommen. Obwohl, ›reinkommen‹ ist nicht das richtige Wort. Man ist einfach ganz plötzlich drin, man geht nirgendwo rein, nicht durch eine Tür oder ein Tor oder so, man ist einfach plötzlich drin, wie und warum, ja, das weiß man nicht, das sagte ich ja auch schon, ich weiß es ja auch nicht. Schalten Sie mal ab und schauen Sie irgendwo hin, auf Ihre schönen Blumen zum Beispiel – sind die aus Seide oder aus Amsterdam? – oder schauen Sie auf Ihre schwerfällige Marmorkatze oder schauen Sie aus dem Fenster, wo man gerade noch ein paar Sonnenstrahlen sehen kann, die die untergehende Sonne aussendet. Es wird immer dunkler und das ist gut. Wir wollen ja nun auch nicht beobachtet werden. Das ist ja doch etwas sehr – wie soll ich sagen – Intimes zwischen uns.«

Der Therapeut nahm all das aufmerksam, aber zunehmend auch irritiert wahr und wenn er etwas zu schreiben parat gehabt hätte, hätte er sich zweifellos Notizen gemacht. So redselig war sein Patient selten. Erneut kroch die Sorge in ihn hinein, die Kontrolle zu verlieren. Dazu passte geradezu, dass zum Schreiben nichts in Greifweite war – oder sagte man ›Griffweite‹? Jedenfalls war nichts greifbar. Das nächste Blatt Papier lag in einer Schublade im kleinen Tischchen, auf dem das Glas und die Vase mit vier Papierblumen standen. Die Blumen hatte seine Schwester für ihn gewerkelt, die schon seit ihrer Kindheit eine leidenschaftliche Bastlerin war. Sie hatte sich durch alle möglichen Materialien gebastelt, hatte mit Papier angefangen und war schließlich – nach Speckstein, Holz, Stoff, Gras, Kastanien, Gips, Watte, Glas, Marmor, Stein, Eisen (›Marmor, Stein und Eisen bricht …‹), Leinwand, Vinyl, Naturharz, Kunstharz, Silber, Gold, Wachs, Ton, Brotteig (fehlte noch was?) – wieder zum Papier zurückgekehrt. Mit Papier hatte sie es zur Meisterschaft gebracht, sie beherrschte alle möglichen Techniken, nicht nur das japanische Origami, das auch, natürlich, und absolut perfekt, sondern noch viele andere Falt- und Gestalt-Fertigkeiten. Der Therapeut hatte seiner Schwester immer und immer wieder geraten, einen Laden aufzumachen und ihn ›Falten und Gestalten – Dein Papierzauberladen‹ zu nennen. Aber Schwesterherz wollte das nicht, sie war zu bescheiden, zu schüchtern dafür, zu zurückhaltend, zu ängstlich, hatte kein Selbstbewusstsein, kein Streber-Gen, sie bastelte lieber nur so vor sich hin, faltete und gestaltete nach ihrem Feierabend als Sortiererin in einer Kartonagenfabrik – immerhin: Kartonagen! – und schenkte ihren Freundinnen und ihrem Bruder hin und wieder besonders gut gelungene Falt- und Gestalt-Produkte – wie diese vier Papiertulpen, die in einer Vase aus Steingut auf dem kleinen Beistelltisch im Therapieraum ihres Bruders zu besonderer Geltung kamen. Sie waren so wunderschön gestaltet und gefaltet, dass man ihnen aus einer Entfernung von drei, vier oder fünf Metern nicht ansehen konnte, dass sie aus Papier gefertigt worden waren, sondern es hätte auch Stoff, Seide zum Beispiel oder feines Leinen, sein können. Und selbstverständlich wären auch echte Blumen nicht auszuschließen gewesen. Aus einer gewissen Entfernung heraus und bloß mit den Augen ohne haptische Erlebnisse war das wahrlich schwer, ja eigentlich gar nicht zu entscheiden.

»Jetzt sehen Sie, was ich meine, nicht wahr: Die Wände sind sehr, sehr hoch, und wir können nicht drüberschauen. Verstehen Sie jetzt, was ich sagte?« Der Patient sah den Therapeuten etwas von oben herab, fragend und leicht hochmütig an.

Der Therapeut zuckte ein wenig und schüttelte kurz den Kopf, leicht, fast unmerklich, so wie man es macht, wenn man sich in feiner Gesellschaft von einem Gedanken lösen möchte, der einen gefangen zu halten droht. ›Falten und Gestalten‹, ›Marmor, Stein und Eisen bricht, doch meine harte Glatze nicht‹, das hatte ihn fest im Griff – gehabt. Jetzt wurden die Papierblumen etwas unscharf, der Therapeut setzte sich mit einem kleinen Ruck auf und schaute zum Fenster, zum Sims, versuchte, auf die sich räkelnde Marmor-Katze zu fokussieren. Was sah er denn da? Räkelte sich die Katze nicht sonst immer Richtung Rollladengurt? Jetzt aber streckte sie ihre rechte Pfote in Richtung Papierblumen. Vielleicht hatte die Putzfrau die Katze beim Abstauben des Simses bewegt, vielleicht hatte sie die Katze aber auch einfach nur versehentlich um etwa 45 Grad verschoben, ohne dass irgendwelche Säuberungsaktionen damit verbunden gewesen waren, vielleicht hatte aber auch er, der Therapeut selbst, die Katze ein wenig gedreht, in Gedanken versunken am Fenster stehend und in den Garten schauend, an seine Schwester denkend, an das ›Falten und Gestalten‹.

»Eine kurze Frage«, sagte der Therapeut etwas schleppend, »Sie sind ja schon öfter hier gewesen, räkelt sich die Katze auf dem Sims sonst nicht immer Richtung Rollladengurt, also, ich meine, reckt und streckt sie ihre Pfote sonst nicht immer in diese Richtung, also zum Rollladengurt hin? Das ist doch jetzt anders, oder? Und, verdammt, jetzt kommt es mir gar so vor, als ob die Krallen an der Pfote abgebrochen sind.«

»Ich fragte Sie gerade etwas zum Labyrinth und Sie lenken unwirsch ab. Die Katze hat womöglich ein Eigenleben. Ist vielleicht gar nicht aus Marmor oder Stein oder Eisen oder was es für ein Material sein mag.«

»Also«, hob der Therapeut wieder an und sprach nun immer schneller, »Sie wissen es nicht mit Bestimmtheit zu sagen, ja? Und Sie haben die Katze auch nicht angerührt, oder? Jetzt eben, meine ich, gerade vor einer Minute. Sie ist Ihnen nicht vielleicht heruntergefallen und die Krallen sind abgebrochen? Das wäre nicht schlimm, ich meine, wenn es Ihnen passiert ist, das kann ja passieren, man kann das ja reparieren.«

»Können Sie über diese hohen Wände schauen? Das ist es doch, worum es geht, *mir* geht, *uns* geht«, sagte der Patient.

»Sie sind wirklich hoch, diese Wände, da haben Sie durchaus Recht. Vielleicht sind sie aber nicht überall so hoch, haben Sie das schon einmal bedacht? Man könnte versuchen, andere Gänge zu erkunden.«

Den Patienten freute ungemein, dass der Therapeut ›man‹ sagte, das war zwar nicht genau dasselbe wie ›wir‹, aber doch deutlich etwas anderes als ›ich‹ und ›Sie‹. ›*Man* könnte etwas versuchen‹ lag nah an ›*wir* könnten etwas versuchen‹, und das klang verlockend.

»Ja, eine bemerkenswerte Idee«, sagte der Patient. »Gehen wir los. Vielleicht machen wir es arbeitsteilig: Sie nehmen die nächste Abzweigung nach links, ich nach rechts.«

»Hmmm«, sagte der Therapeut, »und wenn wir uns dann verlieren, also aus den Augen verlieren?« In der Frage steckte eine Mischung aus gespielter therapeutischer Fürsorge und durchaus nicht gespielter Angst.

»Ja, das ist zu bedenken. Das stimmt. Wir gehen dann doch besser zusammen los. So haben wir auch Gesellschaft und können uns unterhalten und es ist nicht so, wie soll ich sagen … einsam.«

»Prima«, sagte der Therapeut, »wollen wir vielleicht darauf anstoßen? Jeder nimmt einen Schluck aus dem Glas, das verbindet. Das ist wie bei einem Brüderschaft trinken.«

D er Patient ging nicht darauf ein und das Brüderschafttrinken fiel erst einmal aus. Stattdessen versuchten die beiden, mittels der guten alten Räuberleiter einen Blick über die hohe Wand zu erhaschen. Aber das klappte nicht. Weder mit dem Patienten oben und dem Therapeuten unten noch in umgekehrter Stapelung. Die Wand war einfach zu hoch und zu glatt. Sie liefen, nein eigentlich schlenderten sie zum nächsten Abzweig, den einzigen, den es am Ende dieses Ganges gab. Wie schön das war: Man musste keine Entscheidung treffen. Es ging nach rechts in einen anderen Gang. Für den Patienten war es eine neue Erfahrung, noch nie hatte er den einen Gang verlassen. Oder doch? Er erinnerte sich nicht immer an alle Details. Auf jeden Fall kam es ihm jetzt so vor, dass er zum ersten Mal einen neuen Gang betrat. Der Therapeut blickte nach oben. »Nichts zu machen, die Wände sind auch hier zu hoch. Drüberschauen können wir nicht. Gehen wir.« Sie promenierten ruhigen Schrittes weiter, bis sie an eine Links-Rechts-Gabelung kamen. »So, jetzt müssen wir eine Entscheidung treffen«, sagte der Therapeut. »Links oder rechts?«

›Künstliche Blumen oder natürliche Blumen?‹, dachte der Patient. ›Raum oder Zeit? Marmor oder Stein? Seide oder Leinen? Amsterdam oder Schanghai?‹ »Links!« rief der Patient mit militärischer Bestimmtheit. Sie bogen links ab und betraten einen weiteren Gang. Vielleicht fünf Meter lang. Zwei Meter breit. Die Höhe der Wände war nicht abschätzbar, irgendwie gingen sie über in das, was oberhalb der Wände lag, liegen musste. Auf jeden Fall zu hoch um drüberzuschauen. Die fünf Meter waren rasch erlaufen. Wieder zwei Abzweige. Rechts oder links.

›Gestalten oder Falten?‹, dachte der Therapeut und sah kurz seine Schwester vor sich. »Jetzt lieber nach rechts!«, murmelte er kaum hörbar und wies zusätzlich mit seinem Arm in ebenjene Richtung. Wieder ein neuer Gang. Viel länger, vielleicht hundert Meter, vielleicht mehr. Am Ende des Ganges wieder zwei Abzweige, einer rechts, einer links. Aber es gab noch kleine Öffnungen in beiden Wänden des Ganges, vier auf der rechten Seite, sechs auf der linken Seite. Diese Öffnungen, wie sollte man sie bezeichnen? Türen? Tore? Nein, schließen konnte man diese Öffnungen nicht. Man könnte sagen, es waren Türöffnungen ohne Türblatt. Auch Türangeln gab es nicht, auch keine Zargen. Es waren einfach Öffnungen, fast quadratisch, zwei mal zwei Meter vielleicht.

»Gehen wir bis zum Ende des Ganges oder schlüpfen wir durch eine dieser Öffnungen?« fragte der Patient und dachte daran, was wohl die marmorne Katze getan hätte. ›Tiere haben ja oft einen guten und richtigen Instinkt. Vor allem wenn sie Angst haben, finden sie meist den rechten Weg nach Hause. Wenn der Weg nicht zu lang ist, wenn es nicht zu viele Wahlmöglichkeiten gibt, wenn es Geruchsspuren gibt, denen man folgen kann, wenn, wenn, wenn …‹

»Ich denke, wir probieren einmal eine dieser Öffnungen aus«, sagte der Therapeut, »zweimal haben wir ja schon Alternativabzweigungen diskutiert, eine Wahl getroffen und sind nicht weitergekommen«. ›Wohin eigentlich?‹, ging es ihm durch den Kopf. »Schauen wir doch mal, welche Möglichkeiten uns eine dieser Öffnungen bietet. Ach, was habe ich für einen trockenen Hals. Haben Sie eigentlich keinen Durst?«

Der Patient ging nicht auf die Frage ein, stellte aber eine andere: »Wofür sind diese Öffnungen wohl da? Könnten es Abkürzungen zwischen Gängen sein, sodass man schneller ans Ziel oder schneller irgendwohin kommt? Was mag sich der Schöpfer dieses Labyrinths wohl dabei gedacht haben?«

»Na, Sie stellen aber Fragen«, entgegnete der Therapeut, dem es nicht gefiel, dass der Patient mehr und mehr Fragen stellte. ›Fragen stelle eigentlich ich!‹ »Ich habe wirklich nicht die geringste Idee!« Immerhin: Diese Antwort kam mit harter Bestimmtheit daher.

Nun gab es in dem Gang, in dem sie sich befanden, insgesamt zehn Öffnungen, alle gleich groß, alle von gleichem Aussehen, und ein bloßes Hineinspähen brachte nichts, man sah vom Gang aus nur in ein dunkles, finsteres Nichts. Wie sollten oder wollten sie sich entscheiden? Für welche Öffnung? ›Falten oder Gestalten?‹, dachte der Therapeut, ›Seide oder Zellulose?‹, dachte der Patient.

»Wir nehmen die dritte Öffnung auf der rechten Seite«, sagte der Therapeut und drehte sich zum Glas auf dem Beistelltisch um. Der Patient aber blieb stehen, bewegungslos, der Marmorkatze ähnlich. Jeder hatte nun eine andere rechte Seite, und zwar da, wo der Daumen jeweils links war. »Mist, so geht es nicht«, sagte der Therapeut, »wir müssen uns auf *eine* rechte Seite einigen. Am besten richten wir beide unseren Blick geradeaus auf die Doppelabzweigung am Ende des Ganges, dann haben wir vier Öffnungen rechts von uns und sechs links, und wenn sich nun keiner von uns um 180 Grad dreht, sprechen wir sozusagen immer die gleiche Sprache, wenn wir die Öffnungen mit Zahlwörtern versehen. Dann kann uns kein Missverständnis unterlaufen. Dann sollte alles gut werden. Also, auf geht's!« Der Therapeut klang stolz, Anflüge von Angst und Furcht waren nicht mehr zu spüren. Fast nicht mehr zu spüren.

Sie gingen flotten Schrittes den Gang entlang, vorbei an der ersten Öffnung, vorbei an der zweiten Öffnung, und blieben vor der dritten Öffnung stehen.

»Wie wäre es, wenn erstmal nur einer von uns hindurchgeht, nachsieht, ob es da etwas Neues gibt, ob man sich einen *Über-Blick* verschaffen kann, und dann zurückkommt und den anderen abholt, wenn es denn etwas Neues hinter der Öffnung gibt. Wenn nicht, kommt der eine zurück und wir gehen weiter zur vierten Öffnung oder zurück zur ersten und so weiter und so fort.« Das schlug der Patient vor, ebenfalls mit einem gewissen Stolz, aber auch mit einer gewissen Vorfreude in der Stimme.

Der Therapeut hüpfte leicht auf und ab. Angst und Furcht hatten sich doch nicht so ganz verflüchtigt. Er blickte zum Beistelltisch, dann zu seinem Bücherregal und erinnerte sich an seinen dicken, wissenschaftlich kommentierten Bildband über Labyrinthe. »Wissen Sie«, sagte er, »dass selbst gelehrte Sprachforscher noch immer nicht wissen, welchen Ur-ur-ursprung das Wort ›Labyrinth‹ hat? Also, was die Ur-ur-urwurzel dieses Wortes ist. Welcher tiefste Bedeutungskern sich in dem Wort verbirgt. Weiß man nicht, weiß man einfach nicht, obwohl es das Wort in so vielen Sprachen gibt.«

»Wie kommen Sie jetzt darauf?«, fragte der Patient. »Griechisch doch wohl.«

»Ja, natürlich griechisch, altgriechisch.« Der Therapeut war einerseits wieder etwas verärgert, dass der Patient eine so patzige Frage gestellt hatte, andererseits aber auch froh, dass er sich anscheinend auf das neue Thema einließ. »Aber hinter das Griechische kommt man irgendwie nicht zurück. Es gibt viele Thesen dazu, Meinungen, ob zum Beispiel etwas Ägyptisches darin schlummert. Oder ob das lydische Wort ›Labrys‹ in ›Labyrinth‹ steckt, wobei auch die Herkunft dieses Wortes dunkel geblieben ist. Es bezeichnet wohl eine Kampfaxt mit zwei Schneiden, eine Doppelaxt, eine faszinierende Waffe, sie schneidet und hackt beim Schlagen nach vorn und beim Ausholen nach hinten. Einfach faszinierend, vor und zurück, schneiden und hacken, hacken und schneiden...«

›So eine Doppelaxt in deinem polierten Speckschädel wäre auch nicht schlecht gewesen‹, dachte der Patient, ›auf jeden Fall schärfer als eine Marmorpfote.‹

»Einerlei, das mit der Wortbedeutung hilft uns hier ja nicht wirklich weiter. Obwohl, die Doppelaxt, naja, haha. Was ist mit meinem Vorschlag? Wollen Sie mal vorgehen und gucken, was da hinter der Öffnung ist? Ja, jetzt hätte man wohl doch gerne so eine Doppelaxt, wer weiß, was da auf uns wartet. Der Minotauros vielleicht!«

Der Therapeut war erstaunt ob der Bildung seines Patienten. Aber er war auch verunsichert, weil der Patient trotz des Themenwechsels hartnäckig an der Erkundung des Labyrinths festhielt. An den Minotauros hatte der Therapeut natürlich auch gedacht, er hätte den Kunden gerne damit konfrontiert. Gute alte Konfrontationstherapie sozusagen. Aber zur rechten Zeit. Und danach das Brüderschafttrinken. Jetzt war der Minotauros allerdings verbrannt, nicht mehr geeignet für eine prächtige Konfrontation. ›Wirklich erstaunlich‹, dachte er, ›was der alles weiß. Ob er das gleiche Labyrinth-Buch hat wie ich?‹

»Kennen Sie den Minotauros?«, fragte der Therapeut und er fragte das eigentlich nur, um selbst wieder etwas zu fragen.

›Du alte Speckglatze‹, dachte der Patient, ›wie schön die ›Labrys‹ darin ausgesehen hätte.‹ »Kennen ist übertrieben«, lachte er, »aber das ist schon heftig mit dem Minotauros, wie der entstanden ist. Wissen Sie sicher? So eine perverse Götterwelt! Sodomie, Zoophilie. Und dann wohin mit dem Monster? Ab in ein unwegsames Labyrinth, vom Tüftler Dädalus ersonnen. Vielleicht sind wir ja in genau diesem Dädalus-Labyrinth. Was meinen Sie, Herr Therapeut? Wollen wir mal in Ihrem Buch nachsehen?«

Dem Therapeuten gefiel die burschikose und fordernde Art seines Patienten ganz und gar nicht. Aber aus irgendeinem Grund fehlte ihm die Kraft, dagegen anzugehen.

»Also, nur zu, gehen Sie doch mal vor«, sagte der Patient, »ich warte hier. Und wenn es da drin was Neues gibt, wenn man irgendwo drüberschauen kann, wenn man sich einen *Über-Blick* verschaffen kann, dann rufen Sie einmal oder zweimal ganz laut und ich komme nach. Versprochen!«

Der Therapeut zögerte ein wenig, sah den Patienten nachdenklich an, dachte an seine Schwester, an deren Papiermeisterschaft, an diese Kunst, die so leicht zu zerreißen war – ›Kunst-Verriss‹ schoss es ihm durch den Kopf: erst ver- dann zerreißen –, und dann setzte er seinen linken Fuß behutsam in die dritte Öffnung auf der rechten Seite des Ganges.

»Aber was ist, wenn ich nichts Neues hinter der Öffnung finde?« Er sagte das und war gleichzeitig erstaunt darüber, *dass* er es sagte.

»Dann kommen Sie zurück, ich warte ja hier. Habe ich versprochen.« Der Patient verschränkte die Arme und nickte dem Therapeuten aufmunternd zu.

»Aber wenn ich den Weg nicht zurückfinde? Wir sind ja immerhin in einem Labyrinth!« Der Therapeut schaute den Patienten nun mit Angst in den Augen an. Sonst waren ja immer eher die Patienten ängstlich oder unsicher. Aber jetzt, angesichts dieser Situation, schien sich etwas verlagert zu haben. Wie war er nur in dieses Labyrinth hineingeraten? ›Gibt es für mich noch einen Ausweg?‹, fragte sich der Therapeut und lachte im gleichen Augenblick laut los, weil ihm plötzlich klar wurde, dass diese Frage – in einem Labyrinth gestellt – nichts mehr von alltagssprachlicher Uneigentlichkeit an sich hatte. Sein Mund war trocken, er hatte Durst. ›Mich dürstet‹, dachte er, sagte es aber nicht laut.

»Na, das wird schon klappen«, meinte der Patient. »Natürlich wäre ein Ariadnefaden jetzt schon hilfreich, aber den haben wir nicht, jammerschade. Ihre steinharte Katze hat uns ja leider kein Wollknäuel zugekickt. Oder haben Sie etwas Ähnliches dabei … zum Zeichensetzen?«

»Nein«, entgegnete der Therapeut etwas hilflos, »was auch schon«?

»Nun, zu denken wäre an Brotkrumen und Kieselsteine wie im Märchen oder an etwas Flüssiges, farbig vielleicht, Rot wäre schön auffällig, das man regelmäßig abtropfen lassen könnte als Weiser des Rückwegs.«

»›Weiser des Rückwegs‹ – was soll das denn sein? Sie sind schon ein komischer Vogel!« platzte es aus dem Therapeuten heraus und einige Speichelfäden flogen aus dem Mund.

›Hinter deiner Glatze funktioniert es nicht mehr so toll, was?‹, dachte der Patient. »Ach, schlagen Sie doch mal das dicke Wörterbuch in Ihrem Kopf auf, ziemlich weit hinten … unter ›W‹ … da kommt dann irgendwann das Wort ›Wegweiser‹. Gefunden? Angesichts unserer Lage habe ich dieses Wort etwas umgebaut, weil es hier nur auf einen *Rück*-Weg ankommt. *Jetzt* verstanden?«

»Wollten wir denn nicht auch irgendwo…*hin*, also *vorwärts*-gehen, *fort*-schreiten, haben wir denn gar kein

Ziel?« Der Therapeut verlor immer mehr an Boden. Es fiel ihm zunehmend schwer, seine Gedanken in Ordnung zu halten.

»Also, mein Bester, wenn Sie so ein Labyrinth-Fan sind, müssten Sie doch wissen, dass das mit *Zielen* in einem *Labyrinth* so eine Sache ist. Natürlich kann man *voran*-gehen, fünf Meter, auch hundert Meter, aber geht es danach nicht wieder *zurück*? Oder zumindest im Kreis? Oder in einem Viereck? Und wenn es dann auch noch *Öffnungen* in Gängen gibt. Meine Güte! Wie will man das denn wissen – ohne *Über-Blick*? Sie erinnern sich: von *Über-Blicken* war schon einige Male die Rede und wir konnten selbst übereinandergestapelt nicht über die Wände drüberschauen. Also: Jetzt gehen Sie mal rein in die Öffnung und gucken nach, ob da was *ist* oder ob da nichts *ist*, und wenn da doch was *ist* – aber es muss was Neues sein – dann rufen Sie mich und ich komme nach und wenn da nichts *ist* oder nichts Neues *ist*, dann kommen Sie zurück und wir schauen, wie es mit uns weitergeht…«

Der Therapeut wollte oder konnte nichts mehr erwidern. Der Patient war ihm inzwischen irgendwie über. Vielleicht hatte er ja auch Recht. Und letztlich war das auch keine so große Sache: Reingehen, nachschauen, rufen oder zurückgehen. Fertig aus. No problem. Sein linker Fuß befand sich schon fast jenseits der Öffnung, nun zog er langsam den anderen Fuß nach und verschwand in der dritten Öffnung auf der rechten Seite des Ganges.

Der Patient blieb still vor der Öffnung stehen, faltete seine Hände vor dem Bauch, senkte den Blick, das Kinn berührte den oberen Brustbereich. Er hätte wohl gute Chancen gehabt, einen Bewerbungstest bei einem Bestattungsunternehmen zu bestehen. Er gab wirklich eine gute, traurige Gestalt ab. ›Wo mag wohl mein Labyrinth-Freund jetzt sein?‹, dachte er. ›In Amsterdam? In Schanghai? In der Tiefkühlbox vor einer Tankstelle? Der Möglichkeiten sind viele. Was mag er sehen: Crushed Ice? Tulpen? Eine Marmorkatze mit abgesplitterten Krallen? Na, das wäre nichts Neues, da wäre kein Rufen ›Kommen Sie rüber!‹ zu erwarten, eher eine Umkehr, einem roten Weiser des Rückwegs folgend.‹

Es herrschte Stille. Einstein'sche Ruhe in Raum und Zeit. Kein Rufen, kein Zurückkommen. Der Patient schluckte und merkte wie kurz zuvor der Therapeut, dass er durstig geworden war. Er suchte nach dem Glas. ›Das stand doch auf dem Beistelltisch. Wie schön wäre es, wenn man das Wasser oder was immer in dem Glas sein mag mit ein wenig Crushed Ice runterkühlen könnte!‹

Aber hier war weit und breit keine Tankstelle.

Schon wollte sich der Patient umdrehen, den Therapeuten als verschollen aufgeben, da vernahm er doch tatsächlich ein lautes, klares »Hallo?«

Und genauso laut und klar ging es weiter: »Kommen Sie rüber … oder … kommen Sie rein, es lohnt sich, es lohnt sich wirklich und wahrhaftig, kommen Sie. An *Über-Blicken* mangelt es hier nicht, ich sehe die Wege, Hunderte, Tausende. Kommen Sie! Nehmen Sie zur Stärkung einen Schluck aus dem Glas neben der Vase. Neben der Vase mit den Papierblumen. Bringen Sie das Glas aber mit, dann können wir endlich Brüderschaft trinken.«

Damit hatte der Patient nicht wirklich gerechnet.

Ein kurzes Zögern, ein leichtes Schütteln der Hände, einmal tief Luft geholt – und dann rief er zurück: »Versprochen ist versprochen und wird nicht gebrochen!«

*

Das Team der Spurensicherung war mit der Arbeit durch. Die Damen und Herren schufen wieder Ordnung in ihren Koffern und Köfferchen: Plastiktütchen, Luminolspray, Digitalkameras, Tupfer, Lupen, Klebefolien und was sonst alles dazugehörte. Mehrere Kisten mit Asservaten waren bereits gepackt, jeder Gegenstand befand sich in einer durchsichtigen Tüte, von außen beschriftet mit Hinweisen auf den Fundort: Ein Weinglas, in dem auf der Innenseite noch ein paar helle Tropfen einer Flüssigkeit zu sehen waren. Ein Schlüssel, den man noch keinem Schloss zuordnen konnte. Ein Mobiltelefon, das wohl einem der beiden Toten gehörte, die inzwischen abtransportiert worden waren. Eine Vase mit einigen Sprüngen, aber noch nicht ganz zerstört. Vier Papierblumen, die neben der Vase auf dem Boden lagen. Eine Blume war zerrissen. Fein säuberlich verpackt waren ebenfalls mehrere Bücher, die zugeklappt auf dem Teppich gelegen hatten. Ein Bildband über Labyrinthe hatte sich aufgeschlagen neben den anderen Büchern gefunden. Eine Katze aus schwerem Steinmaterial mit einer dunkelroten Pfote war in eine besonders große und dicke Plastiktasche gepackt worden, in der auch eine kleine Tüte lag, gefüllt mit mehreren rötlichen Krümeln, die man mit einem speziellen Handstaubsauger vom Teppich aufgenommen hatte.

Ein großer Sessel, bezogen mit grünem Plüsch, war umgefallen. Ihn hatte man vollständig mit Folien abgeklebt, die noch gesichert und verpackt werden mussten.

Vor einem Absperrband standen zwei junge Menschen, still in sich gekehrt. Sie hatten ihre Hände vor ihren Bäuchen gefaltet, den Blick gesenkt, ihre Kinne berührten die oberen Brustbereiche. ›Synchrontrauern‹ hätte man das nennen können, wenn es nicht zu pietätlos gewesen wäre.

Ein Vertreter des Polizeiteams ging auf sie zu. »Sie sind die Kinder, nicht wahr? Ich bin etwas zu spät hier angekommen, blöde Straßensperrung und dann Stau. Sie haben wahrscheinlich schon mit den Kollegen gesprochen.« Beide nickten kurz.

»Ja, wir sind gekommen, weil wir unseren Vater nicht mehr erreichen konnten, seit zwei Tagen nicht. Und wir wussten aber, dass er nicht verreist war oder so. Und wir haben uns dann doch gesorgt und sind hergefahren.«

»Und haben dann alles so gefunden, wie es jetzt hier zu sehen ist?«

»Ja, aber natürlich lagen da noch unser Vater und dieser andere Mann. Die sind ja schon weggebracht worden. Ja, und die vielen Sachen auf dem Boden. Die sind jetzt in diesen Kisten dort.«

»Ja«, sagte der Mann von der Polizei. »Es tut mir sehr leid. Mein Beileid! Sie können jetzt gerne nach Hause fahren, heute müssen wir nicht weiter sprechen. Wir melden uns wieder bei Ihnen. Brauchen Sie vielleicht Hilfe, ärztliche Unterstützung? Vielleicht etwas zur Beruhigung?«

»Ich nicht«, sagte eines der Kinder, ein junger Mann von etwa zwanzig Jahren. »Ich auch nicht«, sagte seine Schwester, vielleicht zwei oder drei Jahre älter.

»Da fällt mir ein«, hob der Polizist noch einmal an, »ich weiß nicht, ob schon darüber gesprochen wurde, gibt es noch weitere enge Angehörige, die zu informieren sind? Machen *Sie* das oder sollen *wir* das übernehmen. Wir *können* das übernehmen, wenn Sie möchten, keine Frage.«

»Unsere Mutter ist vor fünf Jahren gestorben und aus der Ecke gibt's sonst niemanden mehr. Unsere Tante müsste informiert werden. Das wird schwer.« Der Sohn schaute auf eine der Asservatenkisten. »Diese Blumen da, die hat unsere Tante gebastelt. Aus Papier. Das kann sie phantastisch. Oh je, ich weiß nicht, wie sie das alles verkraften wird.«

»Wir fahren gleich hin«, sagte die Tochter zu ihrem Bruder. »Sie müsste Feierabend haben.«

Die beiden verließen das Haus und im Gegenzug betrat es ein Reporter einer Regionalzeitung, zögerlich, vorsichtig, zurückhaltend. »Darf ich fragen…«, sagte er leise und ging auf den Polizisten zu, den er augenscheinlich kannte.

»Viel wissen wir noch nicht. Zwei Tote. Einer wohl erschlagen mit einer schweren Steinkatze. War aber wohl nicht sofort tot. Näheres wird die Gerichtsmedizin sagen. Hoffe ich. Der andere, tja. Auch tot. Aber warum und wie? Keine äußeren Verletzungen, soweit wir hier vor Ort sehen konnten. Müssen wir auch abwarten, was die Gerichtsmedizin sagt.«

Zwei Tage später gab es eine kleine Pressekonferenz. Der Staatsanwalt gab bekannt, was man inzwischen herausgefunden hatte: »Toter Nummer 1 war ein Psychotherapeut, Toter Nummer 2 war sein Patient. Beide kannten sich seit vier Jahren. Der Patient kam etwa alle zwei bis drei Wochen zum Therapeuten. Aufzeichnungen des Therapeuten zufolge war der Patient nicht wirklich psychiatrisch krank oder auffällig, er hatte lediglich diesen oder jenen Spleen, hatte manchmal Angst vor Dingen, die eigentlich keine Angst machen, zum Beispiel vor einem Erdmännchen – also Sie wissen schon, diese kleinen putzigen Tierchen im Zoo, die sich unter Wärmelampen auf ihre Hinterbeine stellen und ihr Gehege beobachten – und über sowas hat er mit dem Therapeuten gesprochen, dann ging es ihm wieder gut, bis zur nächsten Sitzung. Der Therapeut hatte noch einige andere Patienten mit ähnlichen Macken … Entschuldigung … mit ähnlichen Problemen. Lange Zeit war auch ein Mann gekommen, der irgendwie von Uhren besessen war. Darüber gab es viele Aufzeichnungen. Nun ja, was in der Sitzung besprochen wurde, während der sich die Tragödie abspielte, wissen wir leider nicht. Es ließen sich ausgerechnet zu dieser Sitzung keine Notizen finden. Das Schreibzeug, das der Therapeut sonst dafür verwendete, lag ungenutzt in einer Schublade eines Tischchens. Er hatte es gar nicht herausgeholt. Es könnte sein, dass ein Labyrinth eine Rolle in der Sitzung spielte, weil ein Bildband über Labyrinthe aufgeklappt auf dem Boden lag. Jedenfalls hat der Patient irgendwann die Marmorkatze des Therapeuten ergriffen – wir haben seine Fingerabdrücke darauf gefunden – und diesen damit auf den Kopf geschlagen. Dabei sind einige Marmorkrallen abgebrochen, es muss also schon mit ziemlicher Wucht geschehen sein. Die Gerichtsmedizin ist aber der Ansicht, dass der Tod nicht sofort eintrat, sondern dass es noch gut dreißig Minuten bis zum Exitus gebraucht hat. Der Therapeut ist in dem Zimmer noch mehrmals etwas ziellos hin- und hergelaufen, das ließ sich an Blutspuren, sogenannten Abtropfspuren, rekonstruieren. – Der Patient nun ist an einer Vergiftung gestorben. In dem aufgefundenen Weinglas konnte wir Reste einer hochgiftigen Substanz nachweisen. Aus Ermittlungsgründen kann ich hier nicht näher ausführen, worum es sich gehandelt hat. Auf jeden Fall sehr toxisch und tödlich. Die gleiche Substanz fand sich im Blut des Patienten. Wir müssen also davon ausgehen, dass der Patient aus dem Glas getrunken hat. Die Kinder des Therapeuten haben bestätigt, dass das Glas zum Haushalt des Vaters gehörte. Von Gift wissen sie jedoch nichts, sagen sie jedenfalls. Auch die Tante, also die Schwester des Therapeuten, will von Gift nichts gewusst haben. Tja. Wir haben alle sehr lange und intensiv befragt und müssen letztlich annehmen, dass sie die Wahrheit sagen. Der Therapeut ist kein

Arzt und hat somit nicht problemlos Zugang zu gefährlichen Stoffen. Wir tappen im Dunkeln, das sage ich offen, bei der Frage, woher das Gift stammt und wer es mit welcher Absicht in das Glas geschüttet hat. Die Ermittlungen dazu werden fortgeführt. Letztlich gibt es aber wohl nur zwei Szenarien. Erstens: Der Patient hat einen erweiterten Suizid begangen, den Therapeuten – aus welchen Gründen auch immer – umgebracht und danach sich selbst mit dem Gift, das er mitgebracht hatte. Oder aber – zweitens – der Therapeut hatte schon lange vor, den Patienten – aus welchen Gründen auch immer – mit dem Gift zu töten, und der Patient hat sich schließlich mit letzter Kraft gewehrt und dem Therapeuten die Katze über den Schädel gezogen, als er merkte, dass er vergiftet wurde. Mehr wissen wir bislang nicht und ich bezweifle, dass wir je mehr herausfinden werden. Ich danke Ihnen. Meine Mitarbeiterin beantwortet nun gerne Ihre Fragen, wenn Sie welche haben sollten. Aber Sie werden welche haben, denke ich. Irgendwelche Fragen bleiben ja immer.«

DIE SELBSTHILFEGRUPPE

Lange hat er gezögert, so etwas auszuprobieren.

Denn schon das Mammutwort wirkt ziemlich abschreckend: Selbsthilfegruppe.

Ein Wort aus drei anderen … Worten – oder drei anderen Wörtern? Oder aus zwei Worten der besonderen einen Sorte und einem Wort der besonderen anderen Sorte, dessen Mehrzahl ›Wörter‹ lautet? Kommt drauf an, je nachdem. Selbsthilfegruppe. ›Dreifachkompositum‹ nennen es die Sprachgelehrten. ›Dreifachkompositum‹ selbst ist auch ein Dreifachkompositum – oder? Oder ist ›Dreifachkompositum‹ ein Zweifachkompositum, gebildet aus ›dreifach‹ und ›kompositum‹? Aber ist ›dreifach‹ selbst nicht schon zweifach, gebildet aus ›drei‹ und ›fach‹? Aber ›fach‹? Ein Wort? ›Suffix‹ nennen es die … Achtung: *Fach*-Leute. ›fach‹ ist seit über 700 Jahren Bestandteil von ›fach‹-Wörtern. Zweifach, dreifach, zwanzigfach, x-fach, vielfach, mehrfach, einfach. ›Einfach‹ ist gar nicht so einfach. Vielleicht ist das Wort ›Dreifachkompositum‹ aber auch ein Vierfachkompositum aus ›drei‹, ›fach‹, ›kom‹ und ›positum‹. Muss man mal *Fach*-Leute fragen.

Zurück zur Selbsthilfegruppe. Die ist auf jeden Fall ein Dreifachkompositum. Ganz sicher. Gruppe. Hilfe. Selbst. Ziemlich abschreckend.

›Hilf dir selbst, so hilft dir Gott‹, sagt man manchmal. Naja: man? *Manche Leute* sagen das, so stimmt es eher. Ob das immer religiöse, gläubige Menschen sind? *Immer* wohl nicht. ›Hilf dir selbst, so hilft dir Gott‹ ist ja eine Redensart, weit verbreitet, in vielen Sprachen. Gemeint ist: Gott allein macht's nicht. Jedenfalls nicht sofort von sich aus. Erst muss man sich selbst helfen. Gott sieht das – und zwar wohlgefällig – und greift dann seinerseits herzhaft zu und ein, auch wenn kaum noch etwas zu tun ist. Problem gelöst. Leben gerettet. Konkurs abgewendet. Elfmeter gehalten. Prüfung bestanden. Krieg gewonnen. Hausschlüssel wiedergefunden. Seitensprung verziehen. Krebs besiegt. ›Arzt, heile dich selbst!‹ steht schon bei Lukas in der Bibel. A propos Bibel. Ziemlich am Anfang sagt Gott: ›Es ist nicht gut, dass der Mensch allein ist. Ich will ihm eine Hilfe machen, die ihm ebenbürtig ist.‹ Die Tiere im Garten Eden taugen dazu nicht. Da hat Gott die Idee, aus einer Rippe des ersten Menschen eine Frau zu modellieren und sie diesem nun um eine Rippe ärmeren Erstmenschen als Hilfe zuzuführen. Sonst wäre der erste Mensch nicht nur der erste gewesen, sondern auch der einzige geblieben und hätte bis zum Jüngsten Gericht ganz allein sich selbst eine Hilfe sein müssen. Lebensmasturbation, Leben als Masturbation, Masturbation als Leben. Dies jetzt nur als Metapher für das ›Sich-selbst-helfen‹, es geht ja nicht um Sex. Und wenn Gott nicht auf diesen Einfall mit der Frau gekommen wäre, wäre Sex ja sowieso nicht relevant. ›Masturbation‹ ist insofern nicht das richtige Wort. Aber da selbst … Achtung: *Fach*-Leute … nicht – nicht *sicher* – wissen, was das Wort im tiefsten Urgrunde bedeutet, kann man es für den Moment stehen lassen.

Und bleiben wir noch einen Augenblick im Paradies. Eine Selbsthilfegruppe im Paradies – wie hätte die wohl ausgesehen? Ein Stuhlkreis. Ein, zwei Tiere laufen unschlüssig umher: ein Elefant und ein Einhorn. Vielleicht sind auch noch andere Tiere vor Ort: Vögel womöglich oder Fische. Und das elende Kriechtier natürlich. Eva hat schon Platz genommen – mit selbstgebasteltem Lendenschurz oder bereits mit dem von Gott genähten Fellkleid.

Neben ihr hat es sich das Kriechtier, die Schlange, auf einem Hocker gemütlich gemacht. Beiden gegenüber sitzt Gott. Er ist der Moderator. Dann kommt Adam und setzt sich neben Eva. Er sagt: »Ich heiße Adam.« Gott, Eva und die Schlange spenden Beifall und klatschen in die Hände. Naja, die Schlange nicht, sie klopft mit ihrem Ende auf die Sitzfläche des Hockers. Alle rufen: »Hallo, Adam!« Vögel kreischen, der Elefant trompetet, das Einhorn rennt versehentlich gegen den Baum der Erkenntnis und bleibt mit dem Horn darin stecken.

Der Moderator eröffnet die Sitzung. »Was führt dich her, Adam? Sprich! Wir hören zu.« Adam schaut in die Runde, ringt mit den Händen, blickt hoffnungsvoll zu Eva, die aber Mitleid mit dem Einhorn hat und eigentlich aufstehen möchte, um ihm zu helfen, das Horn aus dem Baum zu lösen. »Sprich nur! Sei mutig! Hilf dir selbst, so hilft dir Gott. Wir wissen, es ist nicht einfach am Anfang. Aber es wird dir sogleich besser gehen. Wir wissen das, weil wir alle es schon – selbst – erlebt haben.« Das stimmt nicht ganz, aber der Moderator spielt eben eine gewisse Rolle, er ist bemüht, alle mitzunehmen, erweckt den Anschein, nur ein bescheidener Wortführer zu sein, auch seinerseits mit Problemen beladen. Eine Zeit lang herrscht angespannte Ruhe. Dann schließlich hebt Adam an: »Es ist die Schuld – wenn ich auch nicht ganz sicher bin.« Alle applaudieren wieder. Und dann geht es weiter … mit: Verbot und Einsicht, Sicherheit und Unsicherheit, Gut und Böse, Verführung und Widerstand, Stärke und Schwäche, Mann und Frau, Scham und Nacktheit, Sodom und Gomorrha, Leid und Qual, Schmerz und Strafe und Erlösung und …

Aber so eine Therapiesitzung hat es im Paradies ja nicht wirklich gegeben, sicher nicht. Zumindest findet sich nichts Entsprechendes in der Bibel. Da kann man die Genesis rauf- und runterlesen.

Wahrscheinlich brauchte es erst noch eine gewisse längere Zeit des Leidens, ohne dass Gott dagegen etwas unternahm, bis der Mensch die Redensart ›Hilf dir selbst, so hilft dir Gott‹ erfand. Das war der Startschuss für die Selbsthilfegruppen: Taube, Blinde, Asthmatiker, Kriegsversehrte, Phobiker, Alleinerziehende, Krebskranke, Impfgeschädigte, Gehbehinderte, Alkoholiker, Crack-Süchtige und, und, und…

Wozu zählt er eigentlich?

Er kann hören, sehen, gut atmen, hat an keinem Krieg teilgenommen, fürchtet sich vor so gut wie nichts, hat keine Kinder, ist nicht krebskrank, hat keine Impfschäden, ist gut zu Fuß, trinkt mäßig, spritzt nicht, schluckt nicht, schnupft nicht …

Wobei muss er sich selbst helfen? Oder selbst helfen lassen? Wer hilft in so einer Gruppe eigentlich wem? Und warum eigentlich eine Gruppe? Lebensmasturbation wäre da viel einfacher oder zumindest überschaubarer. Eben nur eine Klitzeklein-Gruppe, bestehend aus einer einzigen einsamen Person, aus Adam. Aber zurück zur Frage ›Wobei muss er sich selbst helfen?‹

Ich kann mir nicht helfen, ich weiß es nicht. Okay, dann fragen wir mal weiter: Kann ich mir selbst auf die Sprünge helfen? Kann ich mir selbst aus der Patsche helfen? Kann ich mir selbst auf die Beine helfen? Kann ich mir selbst über den Berg helfen? Die Fragen machen wahrlich schwindlig. Oder gilt doch: Dir ist nicht zu helfen! Oder vielleicht eher: Dir *selbst* ist nicht zu helfen! Oder gar: Dir *selbst* ist nicht *mehr* zu helfen! Oder doch besser: Du *selbst* kannst *dir* nicht helfen.

›Hilfst du dir nicht selbst, so hilf den anderen!‹ Dieser Satz schießt ihm nun in den Kopf, ganz plötzlich. Ist das auch eine Redensart? Gehört hat er sie so noch nie, könnte aber biblisch sein, Altes Testament, Neues Testament, beides wäre denkbar. Wenn Eva sich schon nicht selbst helfen konnte (aber wobei?), so hätte sie wenigstens Adam helfen können. Eva war doch nach Gottes Plan als Hilfe für Adam angedacht. Aber die ›Gruppensitzung Paradies‹ gab es ja nie. Und Eva war in Gedanken beim Einhorn. Ohnehin wäre es eine sehr kleine Gruppe gewesen: Der Moderator zählt nicht mit. Die Schlange, ob sie aus freien Stücken auf dem Hocker herumlümmelt? Elefant, Einhorn, Vögel, Fische sind eh nur Zuschauer. Bleiben noch Adam und Eva. Eine sehr, sehr kleine Gruppe also. Die kann sich nicht selbst helfen. Eva will nicht, Adam kann nicht. Sitzung beendet.

Ob das Selbsthilfegruppentreffen, zu dem er nun ›ja‹ gesagt hat, ähnlich verlaufen wird?

Wie mag das Setting aussehen? Ein Moderator, ein Leiter. Vielleicht ist es auch eine Frau. Wäre ihm eine Frau lieber? Eine Eva als Moderatorin? Kommt ein wenig auf das Thema an. Mit Schuld und Scham, Nacktheit und Verführung kennt sich Eva aus. Aber wenn es um etwas anderes geht? Und da ist wieder die Frage der Fragen: Warum geht er eigentlich in diese Gruppe? Wobei soll da geholfen werden? Zurück zum Setting: Ein Moderator oder eine Moderatorin, man könnte auch sagen ›Leiter‹ oder ›Leiterin‹ oder ›Manager‹ oder ›Managerin‹ oder ›Gruppensprecher‹ oder ›Gruppensprecherin‹, alles denkbar, alles sagbar, hängt ein wenig vom Charakter der Gruppe und vom Thema ab, also vom Thema in seiner tiefsten Tiefe – Alleinerziehende, Depressive, Pflegende, Gehörlose, Inkontinente, Verbrechensopfer, Dickleibige, Angstgestörte, Magersüchtige, Co-Abhängige, Einsame und so weiter. Ob diese Leitungs- oder Sprecherperson auch selbst – je nach tiefem Thema – 150 Kilo schwer ist oder dreimal geschieden oder schwerhörig oder inkontinent? Wäre aus Empathiegründen sicher nicht schlecht. Aber halt: Vielleicht geht es gar nicht um Empathie. Vielleicht ist Empathie auch kontraproduktiv? Aber ein Stuhlkreis muss wohl sein, oder? Ganz sicher. Das geht nicht wie in einer … Achtung: mindestens *fünf-fach*! … Frontalunterrichtvolksschule der 50er Jahre, wo der Lehrer den Schülern ins Gesicht schreit. Und geschrien wird in einer Selbsthilfegruppe sowieso nicht. Schon gar nicht frontal. Wenn überhaupt – das kann je nach tiefem Thema durchaus doch einmal sein oder sogar *nötig* sein – dann wird in ein Halb- oder Dreiviertelrund hineingeschrien. Der Schreier beginnt links außen und schreit im Halb- oder Dreiviertelrund nach rechts außen. Oder umgekehrt. Je nachdem. Kommt darauf an. Variiert schon mal.

Wo mag sich der Stuhlkreis aufgebaut finden? Sicher in einem Raum, oder? Im Paradies hätte man ihn natürlich unter freiem Himmel aufgebaut. Open Air-Selbsthilfe sozusagen. Im Paradies war ja immer schönes Wetter. Es regnete nie. Flüsse gab es, aber keinen Regen. Selbst die Erde bewässerte Gott nicht mit Regen. Erst als Noah – natürlich schon jenseits der Paradiesespforte – 600 Jahre alt geworden war, regnete es – und zwar sehr, sehr heftig und sehr, sehr lang. Nein, der Stuhlkreis hier auf Erden wird sich wohl in einem geschlossenen Raum befinden. Vielleicht in einer kleinen Halle. Oder in einem Keller, ehemaliger Partykeller, jetzt umgebaut zu einem … Achtung: *vier-fach*! … Selbsthilfegruppenraum. Die ehemalige Bar ist jetzt eine Garderobe. Hinter der Bar kann man sich sogar umziehen. Von wegen Nacktheit und Scham. Zieht man sich in einer Selbsthilfegruppe eigentlich aus und um? Trägt man eine Uniform? Oder vielleicht nur einen Lendenschurz? Oder gar nichts? Nach dem Motto:

Wir sind hier alle in paradiesischer Weise gleich. Auch Gott? Gott nackt? Trug Gott Kleider? Einen Lendenschurz? Das ist eine spannende Frage, aber nicht so rasch zu beantworten. Zurück zum Gruppenraum: Ist er gemütlich ausgestattet oder karg? Bequeme Sessel oder harte Plastikstühle? Gedämpfte Beleuchtung oder amtliches Neonlicht? Gibt es noch Requisiten? Bälle vielleicht? Yogamatten? Räucherstäbchen? Kerzen? Elektrokerzen oder echte Kerzen? Wie sieht es da mit den feuerpolizeilichen Vorschriften aus? Oder starke Gummibänder? Taschentücher? Einen Baum der Erkenntnis? Stoff-, Papp-, Stein-, Metall- oder Plastiktiere? Ein Glitzer-Einhorn vielleicht zu Zwecken freier Assoziation? Natürlich spielt da wieder die Tiefenthematik eine Rolle. Ein Einhorn hilft nicht bei Übergewicht, aber ein Taschentuch bei Trennungsschmerz schon. Es kommt eben immer darauf an. Mal so, mal so, mal anders.

Aber worauf kommt es bei mir an?

»Herzlich willkommen! Setz dich. Wo du willst. Es sind noch Plätze frei.«

Tatsächlich, es gibt freie Plätze. Ist die Gruppe noch nicht ganz beisammen? Gibt es eine feste Zeit, bis zu der man da sein muss? Wann geht es eigentlich los?

»Wir warten noch ein bisschen. Sind noch nicht alle da.«

Alle! Viele? Sehr viele? Man kann also auch zu spät kommen. Scheinbar ohne Sanktionen. Oder?

»Setz dich doch!«

Ja, gut, wo setz ich mich hin? Ist eigentlich egal, oder?

»Setz dich irgendwo hin. Egal wo. Feste Plätze gibt's nicht. Nächstes Mal kannst du dich auch woanders hinsetzen. Kommt drauf an, was frei ist. Mal hier, mal da. Wer früh kommt, hat die freie Auswahl.«

Dann setz ich mich heute hier hin, hier ist es hell.

»Du magst Licht, was, du helles Kerlchen? Ach, kleiner Scherz!«

Stimmt schon, ich hab's gerne hell. Okay, ich setz mich mal. Ob noch Viele kommen? Ob der Stuhl hält? Und wenn ich umkippe? Hinknalle? Rumkugele?

»Weiß man nie so genau, ob alle kommen, ob viele kommen, ob überhaupt welche kommen. Aber jetzt ist der harte Kern immerhin beisammen. Freilich gehörst du noch nicht dazu, das wäre ja auch ein schöner harter Kern, wenn man da schon beim ersten Mal reinkäme. Aber bist schon mal hingeknallt und rumgekugelt, was? Und rausgefallen, oder?«

Ja, ich bin das erste Mal hier. Aber warum eigentlich? Harter Kern. Was meint der mit ›rausfallen‹? Soll ich mal fragen? Ob der harte Kern das weiß? Vielleicht bin ich dann gleich untendurch. Könnte ich auch gleich mit dem Stuhl umkippen. Umfallen, hinknallen, rumkugeln und ›rausfallen‹ – was meint er denn bloß damit?

»Wir fangen erst bisschen später richtig an, aber du kannst ja schon mal sagen, was dich hergetrieben hat.«

›Hergetrieben hat‹ – das musste ja so kommen. Und jetzt?

»Warte ruhig noch!«

Das kommt von rechts. Gerade war da doch noch niemand. Naja, klar, die Runde füllt sich allmählich. Und zumindest einer versteht mich. Hilft mir. Oder war das eine? Eine Eva? Und da rennt es wieder herum, das Einhorn, blindlings läuft es auf den Baum der Erkenntnis zu. Selbsthilfegruppe der Blinden und Sehschwachen? Aber nein, ich kann doch sehen. Wie ein Luchs. Oder wie ein Adler.

»Ah, was sehen da meine Adleraugen? Ein neues Ge-Sicht ge-sichtet! Haha!«

Das kommt von gegenüber. Ein Spaßvogel. Witzbold. Hofnarr. Scherzbold. Possenreißer. Klassenclown. Gruppenkasper. So einen gibt's immer und überall. Viele Stühle sind nicht mehr frei.

»Bald geht es los, Leute. Fast alle Plätze belegt!«

Das ist wieder der, der mich ganz am Anfang willkommen geheißen hat. Ein Wortführer, wahrscheinlich der Moderator, der Gruppenleiter, Gott. Diese paradiesische Selbsthilfegruppe ... schon verrückt, das alles. Meine Güte.

»Wir sind, denke ich, startklar. Müssen wir durchzählen? Nein. *Ein* Neuer ist da. Herzlich willkommen. Sagte ich schon, oder? Aber nochmal: Herzlich willkommen!«

»Herr ... Herr ... Herr ... Zlich will kommen? Wann kommt er denn, der Herr Zlich? Wo ist er denn? Meine Adleraugen haben ihn aus dem Blick verloren. Haha!«

Wieder dieser närrische Gruppenkasper. Irgendwie unangenehm. Gemurmel, Rutschen, Scharren, Raunen.

»Sitzt du schon? Ja, du sitzt schon. Ist alles gut? Stuhl in Ordnung? Kippelt nicht? Gut festhalten!«

Wer sagt das jetzt?

Hüstel. Räusper. Zisch. Gurgel. Schnief. Rülps. Grummel. Brummel. Würg. Furz. Ächz. Stöhn. Aus allen Richtungen, von links, von rechts, von vorne, von oben, von unten.

Muss ich jetzt was sagen? Muss ich womöglich dem Gruppenwitzbold untertänigst zulachen, dessen saudummes Möchtegerncomedygequatsche aufgreifen und ›Hallo, ich bin der Herr Zlich, ich bin grade gekommen‹ in die Runde posaunen, damit dann alle besonders heftig klatschen und er – dieser Herr Oberpossenreißer – mir eine Standing Ovation angedeihen lässt? Oder muss ich was anderes sagen? Was wird denn wohl erwartet?

»Sei unbesorgt. Du musst jetzt gar nichts sagen. Du bist gekommen. Wir sind hier. Aber halt dich fest. Fall nicht raus. Pass bisschen auf!«

Das kam von Gott. Gott sei Dank – wie oft sagt man das, aber jetzt trifft es ins Schwarze. Halt dich fest, so hält dich Gott. Und ich kann erstmal schweigen.

»Du kannst erstmal schweigen. Macht fast jeder am Anfang. Erstmal zuhören. Das kannst du doch sicher gut, oder?«

Das sagt eine Frau, irgendwo links, zwei Stühle entfernt. Ja, hören kann ich. Es ist also keine Selbsthilfegruppe für Schwerhörige oder Gehörlose. Das kann ich nun ausschließen. Wenn hier am Anfang alle zuhören, dann kann *das* nicht das Problem sein. Sicher nicht.

»Wer möchte heute anfangen?«

Eine wahrlich göttliche Frage. Aber Gott stellt sie nicht, sondern ein anderer Gruppensprecher. Ein anderer? Also gibt es mehrere, die hier der Gruppe vorsitzen? Wie man doch aufpassen muss!

»Immer diese Frage nach dem Anfang!«

Eine kräftige Stimme von rechts, laut, bestimmt, etwas angriffslustig.

»Vielleicht der Neue? Wie wäre es mit Ihnen, Herr Z…?«

Oh nein, nun ist der Kelch doch gerade eben erst an mir vorübergegangen – und schwups! hält dieser Clown, dieser Scherzkeks ihn mir schon wieder hin. Trink! Sauf! Sprich! Fang an! Red los! Mach den Anfang! Aber fall bloß nicht raus!

»Der Neue muss nicht anfangen, wenn er nicht will.«

Unterstützung von links.

»Aber, aber, meine Damen, meine Herren: Herr Zlich *will*…«

Der Possenkasper kann's nicht lassen. Der fängt an, mich erheblich zu nerven, erheblich, meine Güte, wie blöd kann man sein? Das man so einen in die Gruppe gelassen hat!

»Nein, wir setzen hier niemanden unter Druck. Entspannen Sie sich. Luft ablassen, Druck rauslassen. Tief einatmen, tief ausatmen. Ganz ruhig!«

Entlastung von vorne. Hilf dir selbst, so hilft dir Gott. Aber habe ich mir denn selbst geholfen? Und ist er Gott, der jetzt hilft, ohne dass sicher ist, dass die Sprichwortbedingung erfüllt ist? Oder ist es Eva, drei Sitze rechts außen? Die *Frau*, meine ich, drei Sitze rechts außen? Könnte durchaus sein. Eine hohe Stimme. Zu kastratisch für einen Mann. Eindeutig eine Frau, die hier hilft, nicht Gott. Obwohl: Gott könnte schon auch eine Frau sein. Wir leben in modernen Zeiten und Gott ist zeitlos. Aber wäre dann nicht zunächst Eva erschaffen worden? Und erst im zweiten Anlauf Adam als paradiesische Hilfe für Eva? Und die Schlange hätte Adam verführt und Adam in einem nächsten Schritt Eva? Es hätte aber natürlich auch bei dieser Gemengelage zu einer … Achtung: *sieben-fach* … Open-Air-Selbst-Hilfe-Mini-Gruppen-Sitzung kommen können. Eine Zweiergruppe mit Schlange und Göttin. Gibt es da nicht ein herrliches Gemälde von … war es Tizian? Vielleicht. Vielleicht auch nicht. Vielleicht bringe ich da gerade etwas durcheinander. Du denkst wohl an das ›Ländliche Konzert‹ – Tön! Bimmel! Posaun! Klopf! Trommel! Kling! – von Tizian und hast es im Kopf umgemalt – Streich! Mal! Tupf! – zu einer paradiesischen Open-Air-Selbst-Hilfe-Mini-Gruppen-Sitzung, die es nie, nie, nie gegeben hat. Und ob es überhaupt Tizian war? Also ›Das Ländliche Konzert‹ … von Tizian? Oder Enzian? Der blüht doch so blau – Blautupf! Hellblaustreich! Ach, *so* vieles ist unsicher, *so* vieles. Selbst bei *Fach*-Leuten. Unsicher ist auch, ob es im Paradies Einhörner gab – oder immer noch gibt. Aber Maria war ja noch gar nicht geboren. Also gab es vielleicht doch Einhörner. Die aber mit ihrem Horn nichts Besseres zu tun wussten, als es in Erkenntnisbäume zu rammen. Unsicher ist auch, ob Gott die eine oder andere Selbsthilfegruppe geleitet hat. Welcher Zeitschreiber hat da womöglich geschlampt? Jetzt wackelt der Stuhl aber schon heftig. Meine Güte. Halt dich fest, halt dich fest! Nicht rausfallen! Die Schlange? Schlängel! Da schlängelt sich die Schlange um das Einhorn – und fertig ist der Äskulapstab. ›Arzt, heile dich selbst!‹ Was geschah da wirklich im Paradies? Wer brauchte Hilfe im Paradies? Ärztlichen Beistand? Wer brauchte Selbsthilfe? Und wobei? All diese Fragen, diese Zweifel, diese Unsicherheiten. Einerseits, je nachdem, andererseits, in dieser oder in jener Hinsicht, eventuell, kann sein, kann nicht sein, hängt davon ab, kommt drauf an. Worauf kommt es denn an? Worauf kommt es bei mir an? Sicherheit – wo bist du hin? Selbstsicherheit? Sicherheitsnadel? Sicherung? Alles weg, verschwunden. Wohin? Ja, was glaubst du denn: Schau im Sicherungskasten nach, du Tölpel! Da findest du alle Sicherheiten. Auch die Ballsicherheit des Elfmeterschützen. Die Selbstsicherheit des Torwarts. Die sichere Hand Gottes. Tizians sicheren Pinselstrich. Adam, ich falle, ich falle … nicht nur einfach, mehrfach falle ich … seit 700 Jahren *fach*-Wörter. Das ist sicher. Einhörner gibt es sicher nicht. Nein? Wirklich nicht? Ist das sicher? Und wenn es doch … irgendwo… Immer wieder findet man Tiere, die man noch nicht kannte … selbst da, wo man Leben für ausgeschlossen gehalten hat … das hat es schon *vielfach* gegeben und die *Fach-Leute* in Erstaunen versetzt. Da! Eine kleine Lichtung in einem unzugänglichen Wald. Seit Jahrtausenden grasen die Einhörner dort friedlich und lecken an sattgrünen Grasbüscheln schwere Wassertropfen ab – wie wunderschön hätte Tizian das malen können! Ein Raum unbeschwerten Seins mit Bäumen der Erkenntnis, Elefanten, Eva, Klassenclowns, Eidechsen, Alkoholikern, Adlern, Wölfen, Hasen, Rotkehlchen, Noah, Schlangen, Gott, Stuhlkreisen, Adam, Übergewichtigen, Fachleuten, Lukas, Gomorrha, und mir, dem Herrn – sei's drum – Zlich, mitten drin, mutig, mir selbstlos helfend, hoffend, schweigend, zögernd, zaudernd, lauschend … und fallend, fallend, fallend.

Eine sehr gute Gruppe ist das, eine sehr gute Sitzung, eine sehr, sehr gute Sitzung. Ich komme wieder. Das ist sicher. Das zumindest. Ich komme wieder … mutig, mir selbstlos helfend, mal hoffend, mal schweigend, heute zögernd, morgen zaudernd, übermorgen lauschend … und immer wieder aufs Neue fallend, fallend, fallend. Ich komme wieder … dankbar immer wieder … und immer wieder …

»Der Mann wurde gestern Nacht auf einer Bank im Stadtpark aufgefunden«, begann die Polizistin. Sie saß zusammen mit drei Ärzten und einem Pfleger in einem kleinen Besprechungsraum des Kreiskrankenhauses. »Zwei späte Spaziergänger haben sich gewundert über den Mann auf der Bank. Er bewegte sich nicht, schien nicht mehr zu atmen. Machte aber nicht den Eindruck eines Obdachlosen oder eines Säufers oder Drogenjunkies. Er war ordentlich gekleidet, sauber, gepflegt. Sie haben versucht, ihn anzusprechen, ob alles in Ordnung sei. Aber als keine Reaktion kam, waren sie sehr beunruhigt, hatten Sorge, einen Toten vor sich zu haben und haben uns angerufen. Und wir haben natürlich sofort auch einen Notarzt hinzugezogen. Ist Routine. Und wie man sieht: Das war völlig richtig. Denn der Mann war nicht tot, ist jetzt hier und lebt. Können Sie denn schon etwas mehr sagen aus ihrer medizinischen Sicht?«

Die Ärzte blickten sich an und sortierten sich kurz, wer antworten sollte. Dann sagte einer: »Ja, der Mann lebt. Wir haben keine äußeren Verletzungen festgestellt. Es gibt auch keine inneren Blutungen, keine Knochenbrüche. Wir haben eine Ganzkörper-CT gemacht. Alles unauffällig. Alkohol war nicht im Spiel, wohl auch keine Medikamente oder Drogen oder Gifte, aber da müssen wir noch ein bisschen das Labor abwarten. Er redet nicht, spricht nicht. Als wir ihn heute Nacht untersucht haben, war er durchaus wach, also er schaute sich im Zimmer um, er blickte mal nach links, mal nach rechts, er zeigte auch körperliche Aktivität, er griff manchmal nach dem Bettgestänge, als fürchtete er herauszufallen.«

»Der Blutdruck war bei der Einlieferung ziemlich hoch«, sagte der andere Arzt. »Und eine Tachykardie-Episode, HF über 180, im Liegen. Als ob er kräftig joggen oder sich maßlos über etwas aufregen würde oder ich weiß nicht. Das haben wir nur mit Mühe runterbringen können. Ja, sprechen tut er nicht, also nicht normal. Aber als er eingeliefert wurde, brabbelte oder murmelte er eine Zeit lang vor sich hin. Verstehen konnte man das nicht. Auf unsere Ansprachen reagierte er aber scheinbar schon, also mit Veränderungen seiner Gesichtsmimik, er drehte den Kopf nach links und rechts, blickte durchaus zielgerichtet. Aber ein Blick*kontakt* war es auch wieder nicht, also nicht mit uns jedenfalls. Die Kollegen von der Neurologie und Psychiatrie werden in den nächsten Stunden da sein. Vielleicht können sie mehr sagen, womit wir es hier zu tun haben.«

»Weiß man denn, wer der Mann ist, was er da nachts im Park gewollt hat?«, fragte der Pfleger.

»Nein«, antwortete die Polizistin, »er hatte keine Papiere bei sich, kein Portemonnaie, keine Tasche, nichts. Bislang ist auch keine Person bei uns als vermisst gemeldet worden, hier in der Stadt jedenfalls nicht. Aber das Ganze ist ja auch erst gut 20 Stunden alt. Tja, was wollte er im Park? Wissen wir nicht. Komisch ist … naja, was heißt ›komisch‹? … ungewöhnlich ist, dass er völlig korrekt gekleidet war … ach, was heißt ›korrekt‹? … ich meine, er war sehr stilvoll gekleidet, es passte alles zueinander, teure Marken-Kleidung, frisch gereinigt, gebügelt, hochglanzpolierte Schuhe. Wann zieht man so etwas an? Bei einer besonderen Familienfeier zum Beispiel. Bei einer Hochzeit…«

»… oder bei einer Beerdigung«, ergänzte der Pfleger.

»Ja, oder bei einer Beerdigung«, stimmte die Polizistin zu. Oder wenn man ein Vorstellungsgespräch hat und einen guten Eindruck hinterlassen will. Aber mitten in der Nacht?«

»Auffällig ist«, sagte der erste Arzt wieder, »dass der Mann seit etwa zwei Stunden sehr, sehr ruhig geworden ist. Der Blutdruck ist von selbst gefallen und die Herzfrequenz liegt bei etwas über 50, schon fast zu wenig. Das liegt jetzt nicht mehr an den Medikamenten. Augen geschlossen, Hände ganz entspannt auf der Bettdecke, er atmet tief und gleichmäßig.«

Der dritte Arzt, der bislang geschwiegen hatte, fügte noch hinzu: »Er scheint jetzt in sich zu ruhen … in sich selbst … sagt man ja manchmal so.«

Über den Autor

Das schon frühe Interesse an Sprachen und ihren Kulturen motivierte den Autor zu einem Literatur- und Philosophiestudium. Neigung und Leidenschaft wurden zum Beruf. Gut 35 Jahre forschte und lehrte er an deutschen Hochschulen. Das Pseudonym S. L. Tilleul verdankt sich einem seiner Forschungsschwerpunkte. Die Pensionierung hat Zeit für eigene literarische Versuche freigegeben.